孤独という道づれ

目次

孤独という道づれ

岸　恵子

幻冬舎文庫

プロローグ

わたしはまだ、女優の端くれではあるけれど、長かった「女優」という生活の中で、研究生という身分で、主役から通行人まで何本も掛け持ちをしなければならなかった境遇から、奮起一発して日本初めての女優三人の独立プロダクション、「にんじんくらぶ」を設立してからは、出演作品は贅沢(ぜいたく)すぎるほど選り好(え)みをしてきた。そのうえ海外での生活が長かったため、稀(まれ)に息の合う共演者に出会うことがあっても、一期一会に終わってしまうことが多く、今、周りにだーれも知っている人がいなくなった。

ごくたまに見るドラマでも、誰が誰だかわからない。みんな若く、美しく、カッコよく、なんと自然で潑剌(はつらつ)としていることだろう。演技陣も、タレントたちも、人に受けて、笑わせ、喜ばせるこつをあまりにもよく知っている。とにかくうまい！　嫌味なく、自然体でひどくうまい。

むかしの人たちは、もっと不器用だった。ぎごちなさが目立つこともあった。それは時代が求めたものだったのかもしれない。不器用さの中にそこはかとなく漂う人生の味わいがあった。

現代の作品には、むかしあった嘘がない。嘘がつくる浪漫が生まれにくい……。と勝手に思うわたしは、この二年ほどの間にせっかくのオファーを三回ほどお断りしてしまった。

そのくせ始めと終わりに、ほんの二〜三分しか出ない、ナレーションだけで台詞もない『太陽を愛したひと』には喜んで出演した。これはパラリンピックを創設した人の実話のドラマ化で、わたしに、今も健在でいらっしゃる、その方の奥様の晩年を演じてほしいとの依頼であった。だから、物語の始めに一～二分ほど、終わりにナレーションとともに、物語を締めくくるわけで、今のわたしらしい役柄だと思ったし、出来上がった作品も素晴らしかった。

だいたい、今のわたしの歳では、ひーひーおばあさんか、書き割りのように、物語から遠く離れてかすんでいる役柄が精いっぱいのところなのだろう。お断りした作品の中で、パリ帰りのマダム・何とやらというカタカナ名前の役柄は、レストランの日本人シェフに、周りがみんな日本人なのにフランス語で話しかけるようなシーンがあり、わたしが演じたとすると、鼻持ちならないキザな匂いがするだろうことが堪らなくいやだった。

その役を演じた女優さんは素敵だったし、ドラマも好評で素晴らしかった。わたしはパリ帰りではなく、パリに四十三年も苦楽を積んで暮らしたので、意味もないのにカタチだけのパリ帰りや、それを匂わせるような言動は、みっともなくて恥ずかしくて出来ないのだ。

まあ、見果てぬ夢に終わるだろうけれど、わたしにまだ演じる夢があるとしたら、ちょっとボケていて、それを巧みにあやつる悪だくみと、頓智の利いた笑いを呼ぶ、せつない喜劇がやってみたい。そんな気の利いた作品が生まれる土壌を、我が愛しの日本国は、今、持ち合わせていないことは承知のうえ残念に思う。

ひるがえって、宇宙という遠大な存在のなかで、ごみの欠片(かけら)にも値しないだろう、ちいさなわたし自身の今の暮らしぶりや、感じ方を書いてみようかと思う。

若い季節や、女盛りの中年期でもなく、今まさに「晩年」と人の呼ぶ季節の生き方を「孤独という道づれ」にくるまって書いてみようか……。物語を書くことは小さい頃からの夢だったのだから。

初めての小説

『かあちゃん』を撮り、『たそがれ清兵衛』あたりから、自分の儚い
いのちが、日暮れて切なく、でもまだ夜の闇に落ちるまでには、かなりの間があるだろう……そんな季節を迎えたとき、わたしは、「死」というものを現実として切実に考えるようになった。それにしても、「かなりの間」と勝手に思うその「間」、つまり残された人生の道のりの長さが分からないことが厄介だけれど、それもまた浮世のオツなところかもしれない。

その数年前から、長年こころに渦巻いていた、初めての小説を書きたいと思っていたし書き始めていた。エッセイ集はかなりの評判もいただいたし、二度も賞をいただいたが、小説はまだ書いていなかった。道のりを使い果たす前に書き上げたいものだと思った。

結局、パリにいたときから思いつき、書き始め、映画やドラマなどに出演しながら足掛け七年掛かって、思いのたけを満載し、三代百年以上にわたる長編上・下巻を書いた。

明治半ばの横浜から始まり、ラストシーンは、エジプト、ギザのピラミッドを真似て作られたアフリカはスーダンにある、ナパタ王朝（短い隆盛を極めた黒人クシュ族の国）の小さいピラミッドが砂嵐と灼熱の暑さに朽ち果てて崩れている、何とも切なく儚い場所。

その傍らに夫を飛行機事故で喪い、「国境なき医師団」で奉仕するかつての初恋の人が、南スーダンで起こっていた反政府ゲリラ「サソリ党」の人質にとられているかも知れない不安を抱えて、物語最後の女主人公が佇(たたず)んでいるところで終わる。

炎熱の砂漠は夜になると凍えるほど寒い。

《冷たい夜に立つ女の頬に、砂を通して落ちてきた月影が光を結ぶ。光がこぼれるその頬を、砂漠の風が叩いて過ぎる》

わたしは、この乾いた終わり方が気に入っていた。

夢と現(うつつ)が交錯し時空が自在に飛び交う幻想の中での、愛の物語、『風が見ていた』（上・下巻／新潮社）が本屋さんの店頭に並んだのは、二〇〇三年の秋のことだった。

この年、どこかの都市で、講演とこの本のサイン会を催したときのことだった。四十代後半と思える品のいい女性が、遠慮がちに、

「サインを頂戴したいので伺いましたが、ご本は発売と同時に読ませていただきました。感想を書かせていただき持ってまいりました。お読みくだされば光栄です」

と、控え気味に封書を渡された。その夜、読んだ手紙はわたしにあるセンセーションを巻き起こした。小説をよく読みこんでくれた素晴らしい感想文で、しあわせを感じたわたしがある箇所で「ええっ！」と息が止まるほど驚いた。

「……失礼を顧みず、ほんとうのことをいいますと、大好きなあなた様が、いまだご存命とはつゆ知らず、新聞広告を見て驚き、すぐ本屋に参りました。お書きになったものはすべて拝読しています……」

わたくし、そのとき、七十一歳。『かあちゃん』では日本アカデミー賞最優秀主演女優賞をいただき、『たそがれ清兵衛』では初めてのナレーションと最後のシーンに出演もして優秀助演女優賞もいただいたし、NHK朝の連続テレビ小説『こころ』に出演して評判をとっていたときだった。

ご婦人はわたしを女優としてより、文章を愛でていてくれたのだろうか。うれしいような、唖然とした気分があとをひいた。

前作は、『30年の物語』と題した、エッセイとフィクションを混ぜたような形式のもので、わたしとしては気に入った一冊だったし、ずいぶん版も重ねたが、それを出版してから四年の月日が経っている。ド素人作家のくせに寡作すぎるのだ。死んだと思われても仕方のない間なのかもしれない。生前、森光子さんがテレビで言っていらした。

「ちょっと体調が悪くて仕事を休んでいると、わたしの歳だとすぐ死んだことにされてしまいます。香典までいただいたことがあるんですよ」

森さんは笑っていらしたが、そのときはまさか！　と思ったものだった。

その手紙から、更に十六年も経ってしまった二〇一九年の今日現在、わたしは八十六歳数カ月という身分になってまだ生きている。得したような気もするし、わたしの人生、並ではなかった、というか現在進行中でもある背負いきれないほどの艱難辛苦（古い言葉！）をもてあまし気味に、もういいよ、疲れたよ、とも思う。

初めての小説『風が見ていた』の中で、登場人物の一人が言う。

「生まれて、生きて、死んでゆく。どう生きて、どう死んでゆくかが問題だ。ま、それだってたいしたことはない。生きものは生まれるときも死ぬ時も一人、どだい孤独なものなのさ。その孤独をどう取り込むか、あるいは取り込まれてしまうのか、それはその人間の力量次第。で、死んでみれば、折に触れての笑顔や心配顔が、家族や親しい者たちの間でしばらくは揺蕩い、やがては吹く風に乗って消えてゆく、あとには何にも残らないものなのさ」

小説の主軸をなす明治生まれの辰吉というなせな男に、わたしは自分の人生観の欠片を代弁してもらった。

この小説を上梓してから今までの十六年間、映画にも出演したし、テレビドラマにも出た。こそばゆい気持ちで勲章などというものもいただいた。その間、エッセイ集も出したし、心魂籠めて書いた『わりなき恋』がベストセラーになってくれた。ところが、また四年の間をおいて二〇一七年に出した『愛のかたち』は、友人たちですら出版されたことも知らない人が多い。

『愛のかたち』にはもう一つの中編「南の島から来た男」も収録されて

いて、今までとは違って、かなり短期間で燃えながら書き上げたものなので、その読まれなさにショックを受け、ノイローゼになりかけた。

つまり、時代ががらりと変わったのだ、と思うわたしが能天気なのかもしれないが、今、おおかたの若者は、本を読まない。アマゾンとやらで、手軽に取り寄せているのか、電子書籍で読むのか、とにかく町にあった本屋さんが次々に閉店している。そんな時代に出版社としても宣伝費にたいした予算は組まない。今は日常の生活に役立つハウトゥーものを読みやすい文章で書かれたものがよいそうだ。

『愛のかたち』に収録された、「南の島から来た男」の女性主人公をジャーナリストにしたため、イスラエルとパレスチナ問題などが絡む。わたしがある時期携わったこころ揺さぶられる歴史であり、ルポルタージュにもしたことなので、わたしにとっても、世界にとっても、中東問題は重大なことなのに、日本の読者には興味が持てないよそごとなのかもしれない、とも思った。

日本はなんといっても、海に囲まれた小さな安全地帯。テロの手もまだ伸びていないし、今、世界の中で一番治安のよい国と言っても過言ではないと思う。それなのに、頻繁に起こる不気味で猟奇的ともいえる殺人や、自殺願望。親殺し子殺し。自分が産んだ、いたいけな幼児を死に追いやる許しがたい虐待。日本のように陰惨を極める事件ではなくても、今、世界中の若者が現状の時代背景への不満や、疑惑を持っているし、事件も起こしている。などと考えている矢先、

「今、日本人のおおかたは、よその国で起こっていることなんかに興味を持たない。あなたの書くものは、海外でのことが多く、そこによく時事問題が絡まってくるでしょう……」

と、先日会ったある出版社の人に言われた。

わたしは、国境線が動いたり、ポーランドのように地図から国そのものが消えてしまったこともある、厳しい歴史を持つヨーロッパのど真ん中に暮らしていたので、世界で起こる事件に敏感にならざるを得なかったし、もともと何にでも興味を持ってしまう性質（たち）なのだ。その致し方ない個人的興味や好奇心を抑えて、わたしと同じような高齢者に共感を持ってもらえるものを書けるかどうか、あまり自信はない。

わたしが日本を去ったのは海外旅行がまだ許されていなかった二十四歳のとき。紆余（うよ）曲折を経て故郷（ふるさと）横浜に拠点を移したのは、六十七歳になろうとしていたとき。その間、女の一生のうち、四十三年という大切な満潮時が流れ去っていた。

落ちてきた青い封筒

春うららかなある昼下がり、燦燦と降り注ぐ陽だまりの廊下に、籐椅子を出して、わたしはいい気分で寝そべっていた。

そのときのわたしはもう若さから遠ざかってかなり経ってしまった身分なのに、そんなことに思いを致すこともなく、少し前に訳した『パリのおばあさんの物語』を読んで悦に入っていた。わたしも年をとったらこんなおばあさんになりたいな、などと思いながら……。

これまでに二、三度ほど翻訳を頼まれたことがあったが、お断りしてきた。翻訳ができるほどわたしのフランス語は立派なものではないし、それより、わたし自身のやくたいもない物語を書きたいと思っていた。

そのときから二年ほど前のある日、千倉書房の千倉真理さんがスージー・モルゲンステルヌという女流作家の書いた『Une vieille histoire』（昔話）と題した大人の絵本を持ってこられ、翻訳をと言ってくださったのもお断りした。

「短いものです。是非読んでみてください」

真理さんの言葉に、熱いものが溢れていた。その夜読んだ原作に感動し、たぶんフランス語ができる真理さんが書かれた粗訳を読んで、これではダメだ（ごめんなさい）と思った。

真理さんのフランス語がダメだったのではなく、ほとんどの日本人のように、ユダヤの歴史的背景や文化が分からないという、当然の理由なのだった。

たとえば、イースターの祭りの叙述があったが、これはキリストの復活を祝う、キリスト教最大の祝日なのだ。日本では「復活祭」、フランスや英語圏では、「パーク」と呼ぶ。

かたや、ユダヤ教には、「過越し(すぎこ)の祭り」、英語の「パスオーヴァー」がある。これは、奴隷のごとく扱われていたユダヤ民族が果たしたエジプト脱出を記念する、ユダヤ最大のちょっと悲壮な祭日なのだ。チャールトン・ヘストンが、モーゼに扮(ふん)して、エジプト脱出を謀る『十戒』という映画もあった。

わたしが翻訳はしないという自戒を破ったわけは、この物語はパリに住む、一人のおばあさんのささやかな日常を描いているのだが、パリとは言え、ナチス・ドイツの毒牙から逃れて、こっそりと移住して隠れ住んでいるユダヤ一家の物語で、わたしがよく理解するシチュエーションであること。

そのうえ、詩人の大岡信さんの言葉を思い出したのだった。

「翻訳で大事なことは、日本語力の問題ですよ。原語をいかに理解していても、どう日本語に置き換えるか、の問題です」

わたしは、フランスにいる原作者に電話を入れた。ユダヤ人独特の慣習や、日本人には分かりにくいところを端折って、私流の、直訳ではない、意訳をすることに快諾を得た。

わたしは、高名な絵本作家、セルジュ・ブロックのすてきなイラストとともに語られるこの物語を、やさしい言葉で、歯切れよく訳すことにした。ユダヤ人が受けた辛酸をあからさまに主張しない原作者の清々しさを尊重して、むしろそれらをユーモアに替えることにこころを配った。

原題の「昔話」を、わたしは『パリのおばあさんの物語』にした。このおばあさんは、夫に先立たれ、子供たちも独立して、不自由な体で、独りぼっちで暮らしている。受けたであろう迫害に愚痴もこぼさず、恨みもせず、楽しかったことだけを思い出して、ひっそりと生きるおばあさん。こういう一人住まいの高齢者は、今、日本にも世界にも溢れている。わたしは彼女の明るい方向へ向けた眼差しに感動した。

その日、廊下の籐椅子で、そのなかでも気に入っている箇所を読みかえしていた。

《おばあさんは、ちぢれてたるんだ皮膚を眺めます。スカスカで折れやすい骨や、筋肉の衰えも感じます。

そっと鏡を見て呟(つぶや)きます。

「なんて美しいの……」目の周りには楽しく笑い興じたしわ。口のまわりには歯を食いしばって苦しみに耐えたしわ。しわ、しわ、しわ、いとおしいしわ。四分の三世紀もの間に味わった、わたしの苦楽が刻まれた顔……》

そのとき、廊下の向こうから、お手伝いさんがやってきた。わたしとともに暮らしている彼女は、母のときからの人で、母亡き後は家事いっさいを手際よく、滞りなく処理し、お客や、打ち合わせに来る仕事の人たちへの対応も素晴らしい。わたしにとってはかけがえのない恩人なのに……難がある。欠点がわたしとあまりにも似ていて、そそっかしいのだ。

そのときも、門まで取りに行った郵便物を抱えながら、わたしの部屋に持ってゆく途中で、ひらりと一通の封筒をわたしの上に落として気が付かないのだった。またやった！　と笑いながら降ってきた「ひらり」

を空中でつかみ、ナイスキャッチ！　などと機嫌よく呟き、読書を中断して青い色の封筒を切った。

んっ⁉「後期高齢者医療被保険証」。不愛想な四角四面な十一個の漢字が、わたしがもうじき七十五歳になるんだよ、と教えてくれているのだった。

「だからなに！」

と不貞（ふて）ながら、ほんの数秒前に読んでいたパリのおばあさんの言葉を思い出した。

《四分の三世紀もの間に味わった、わたしの苦楽が刻まれた顔、いとおしいしわ》

我ながら愕然（がくぜん）とした。四分の三世紀、つまり七十五歳……わたし、このおばあさんともうじき同い年になるの？　しみじみと我が腕を見やれば、まだちぢれてはいないけれど、しわの予備軍は想像に難くない。茫然としながら、自分が訳した物語の続きに眼が落ちた。

《おばあさんは、思い出と差し向かいで、ひとりぼっちの食事をします。

「おばあさん、もう一度、若くなってみたいと思いませんか」

と誰かが訊きます。

「いいえ」

おばあさんは、驚いて、やさしいけれど決然としてこたえます。

「わたしにも若いときがあったのよ。わたしの分の若さはもうもらったの。いまは年を取るのがわたしの番」》

う～ん、とうなって、わたしは籐椅子の中で思いっきり伸びをした。

春の日差しが煌めいていた。

そうか、わたしも七十五年近くも生きてきたのか……、そういえば、正直言って、わたしも少し前から、体のどこか、たぶん頭の芯のようなところでなにかが蠢いているような感じがしていた。それは、ミルク色の、不透明な、薄くて、軽くて、葉っぱのようなもの。それらが、ひらりひらりとわたしの脳みそから剝がれていくような感じ。その感じのなかでわたしの頭も、体もちょっとふらふらと揺さぶられる。

それはわたしのなかで、層を重ねて根を張っていた、記憶が作った風景の欠片かもしれない。そしてまた、わたしがおろそかにしてきたいのちの欠片なのかもしれない。

わたしは我武者羅に生きてきた。大事なものまで、目をつむって見切り発車をして、未練もなく捨ててきた。それらが今、わたしを捨てようとしているのだった。

青い封筒の中身、不愉快な十一個の文字がわたしに齎した想念の中にわたしは沈み込む。

煌めく陽光のなかで、わたしの作ってきた風景たちが、滲(にじ)んで揺れてわたしを見捨ててゆく。つまり、記憶が消えてゆくのだ。そんな心もとないイメージが広がる。

これはきっと、長いこと生きてきた生きものが「死」の前に眺める「老い」という、新しくて、珍しいもう一つの風景なのかもしれない。

そう思いつくと、わたしはその真新しい風景にうっとりと漂いながらも、少し慌てている。

新しい風景は別にさびしくはない。荒涼もなく、輝きもなく、ただゆったりと生あたたかい。パリのおばあさんは、この生あたたかさに素直に身をゆだね、焦ることなんかなく、つつましく生きていたに違いない。

お国がご親切に、通告してくれるだけあって、七十五歳というのは、たしかに、生きることの終盤に差し掛かってゆく境目なのかもしれない。それにしても後期高齢者とは素っ気ない名称だな、と思う。フランスにも「troisième-génération（第三世代）」といういい方はある。活動期と余生堪能期の分岐点なのだろう。わたしはまだ活動期のさなかにいるよ！　と、籐椅子のなかで気焔をあげながらも、少し焦っている。

早くしなければと焦りながら、何を焦っているのかわからない。わたしの脳みそから剥がれてゆく、記憶のなかの風景たちの輪郭がぼやけて、消えてゆくのだ、ということは通告されなくても分かっていた。

消滅と創造という、宇宙がさだめた生真面目な輪廻。生まれて、生きて、死んでゆく。でも、わたしの脳みそには、最期まで、丈夫でいてほしいなと思う。

わたしにはパリのおばあさんの逞しい悟りや、つつましい静けさがないのだ。

それから暫くして、ある文芸雑誌から原稿の依頼があった。こともあろうにテーマは「認知症」。

知るかっ、そんなこと！ なってみなければ分からないし、なってしまったらなお分からない。けれど、結構生真面目なわたしは考え込んだ。幸か不幸かわたしの周りにそれらしき人は、まだ一人もいない。

不肖わたくしは、といえば、これまで書き連ねてきたように、そのちょっと手前にいるのかもしれない。会っている人の名前は聞きながら忘れてゆくし、昨日のことなど思い出せばこそ！ でもしかし、考えてみれば、十代の頃から人の名前や顔は憶えなかった。

女優になりたての頃、宣伝部の人や、プロデューサーに連れられて、よくいろいろな人や、映画館に挨拶まわりをさせられた。そんなとき、わたしはほとんど相手の顔を見ていなかったように思う。あるとき、深々とお辞儀をしながら、いつもの通りの口上を言った。

「初めまして、岸惠子と申します。よろしくお願いいたします」

と、驚いたことに金切り声の罵声(ばせい)が飛んだ。

「君っ‼ オレの顔はそれほど何の特徴もないのかい⁉」

「……?」

「君が、オレに『初めまして、よろしくお願いいたします』と言ったのは、今日で五回目なんだよ!」

怒鳴られて、恐る恐る眺めたその人の顔は、ほっそりと貧相で、額に青筋が浮いていた。その人は、当時超有名な映画批評家だった。わたしを紹介した宣伝部の人が、恐縮して、何度も頭を下げて謝っていた。

パリのおばあさんは笑いながらこう言うだろう。

「若い頃は、興味のあることが多すぎて、印象に残らない顔や名前は憶えようとしなかったから、憶えなかったのよ。今は、憶えようとしても憶えられないのよ。若い人と、年寄りの差は、たったそれだけのことよ。たいしたことじゃないわ」

わたしは素敵なパリのおばあさんに、敬意を表し、わたしの「やくたいもない物語」にとりかかろうと思った。

でもなかなか筆が進まない。だって、わたしはまだ、薄らいでしまってはいるけれど、そのやくたいもない物語の残り香を生きている最中だったのだから……。

わたしの物語

わたしの、やくたいもない物語は、今になってみると、それほどやくたいのないものではなかったかもしれない。

青い封筒をもらう何年か前に、わたしをよぎっていったある風景、心にわだかまり、渦巻いていたあの薄らいでゆく確かな風景が、あの十一個の不愛想な文字に、触発されたのか、むくむくと反発心が湧いたのか、その後、しばらくしてから、始めはぽつりぽつりとおぼつかなく、かなりの取材もふくめて、メモのようなものから書き始め、四年以上かかって書き上げた。夢と現のあわいを行くような物語である。

『わりなき恋』。

これは、わたしが描きたかった、人生晩年の季節に訪れる夢物語である。なぜこんな物語を思いついたのか……。

一言で言えば、それは世間というものの、心ない、「老い」を捉える負の姿勢への反発である。

今の世の中、テレビ画面でも、日常生活でも、老人が溢れている。日本は世界一の長寿国だそうで仕方のないことかもしれないが、ある日、テレビ画面に映し出された、性別さえ分からない、既に物体と化した、むごたらしい顔を、こともあろうに画面いっぱいのクローズアップで延々と映しているのを見て震えるほどの憤りが込み上げた。信じられないほど大きく開け放った口から、喉の奥まで見えていた。死んでいる顔にしか見えない。かたわらに、その人の曽孫ほどの若い介護士が、甘く優しい赤ちゃん言葉で呼びかけていた。

「おばあちゃん、ほら、食べてちょうだいね。食べなきゃダメよ」

スプーンに盛った流動物を、歯もなく飲む力もない大きな口に、流し込むのがためらわれるのか、さかんに、

「おばあちゃん、おばあちゃん」

とあやすように呼びかけている。この人に家族か身寄りはいないのだろうか。

「止めてください！」

と、キャメラの前に立ちはだかる人はいなかったのだろうか。たとえ、身寄る人がいなくても、一人の人間としての尊厳をわたしは思う。本人に意識がなくても、これほど無残な姿を衆目に晒すのは許されるのだろ

うか。わたしはテレビを消した。総身に鳥肌がたつほどの憤りを感じ続けていた。自分もいずれはそんな姿になるかもしれないのに、今のところそれは絶対にありえない、と信じ込む暢気さがある。かたや、ほぼすべてのテレビ局やマスコミで、いかに健康長寿を招き入れるかの、方法や、サプリメントを紹介もしている。「人間五十年……」と、唄い、舞った信長の時代から、四百年以上経った今、人生百年という恐ろしい時代になった。

わたしには、医学や科学が発展した遠い未来は別として、現在の人間に百年という長い間、たった一人で満足のいく生きかたが出来る力があるとは思えない。もちろん稀有な人たちもいることだろう。「家族」という尊い支えがいる幸せな人たちもいるだろう。

私事ながら、その大事なたった一人きりの家族が、地球の向こう側に住んでいるわたし自身は、やりたいことがなくなり、人の役に立たず、生きることに喜びを感じなくなったら、さっさと死にたいと思う。尊厳死は絶対に必須のものだと思っている。極端な少子化が進んでいるというのに、医療に頼る老人ばかりの世の中になったら、若者の負担はどうなるのだろう。

今、隆盛な進化をとげているロボットとか、AIとかいう人間の叡智（えいち）が生み出したさまざまなキカイに頼って、肝心の人間が呆け果ててしまうのではないかしら……。

とはいえ、もしやもし、まかり間違ってわたしがとんでもなく百歳まで生きてしまったとしたら、どうなることだろう。曲がった腰を、杖（つえ）で支えながら、臆面もなく言うかもしれない。

「ああ、勿体ない、もったいない！　わたしにも八十代なんていう若いときがあったのに、もっと、奔放に生きればよかった！」（お嗤いあれ）

「青春は、若い奴らには、もったいない」

という名言を残したのは、皮肉屋で、辛辣な言葉を紡いだノーベル文学賞作家、アイルランドのバーナード・ショーである。わたし自身若いときには、数々のコンプレックスに苛まれ、あの短くうつくしい季節をもったいなく過ごした。

かたや、さまざまな名言や、「性の解放」を叫び、華麗な恋愛遍歴でも有名な、『ジジ』や『青い麦』を書いた、フランスの美人女流作家、コレットは、八十歳の誕生日に集まってくれた友人たちに嫣然と微笑みながら言ったという。

「わたしは、今日で、四回目の二十歳を迎えました」

この台詞は、喝采で讃えられ、コレットは翌年、スキャンダラスにも美しい彼女の生涯を閉じた。

人それぞれ、世の中もそれぞれなのだ。

わたしは、健康長寿も悪くはないが、人生の夕暮れに、煌めくほど色鮮やかな虹がかかってもいいのではないかと思っていた。想像は膨らみ、夕映えの中にいるもうあまり若くはない男と女。その二人は、思いもかけない偶然でめぐり合って恋がうまれる、というようなことを書いてみたいと夢見ていたら、なんと！　それに近い風が吹き起こって、驚いたし、これを書かなければ、と、わたしは夢中になった。実際にペンを執ったのは、それから暫くしてからだった。だって、時間がかかるよ。妄想に妄想を重ねる時間。妄想にホントが飛び入りしたりもして。

それは、わたし自身に降りかかったまったくの偶然に触発されて編み出し、創りだした物語なのだった。

　　心をぞ　わりなきものと　おもひぬる
　　　　見るものからや　恋しかるべき

おこがましいことに、清少納言の曽祖父である清原深養父(きよはらのふかやぶ)という歌人が、古今和歌集のなかで詠んだという、この和歌からとって、題名を『わりなき恋』とした。

わりない、とは今では「理無い」と字を当てたりしているが、理屈や分別を超えてどうしようもないということらしい。

そんな物語を書こうとわたしに思わせた、きっかけ、というか、偶然はこんな風にして現れた。

ある年の五月、わたしは、フランスの北西部に位置するブルターニュのルポルタージュを撮るために、長い空旅に出た。

その日の飛行機は満席で、隣の席にも人がいることを知って日延べを考えたが、五月の連休で我儘(わがまま)を通すとロケハンに遅れることになった。

何十年という長い年月、数えきれないパリ=東京間の旅では、航空会社のこころ遣いのおかげで、二、三度ほどの例外を除けば、わたしの隣はいつも空席にしてくれていた。

それにはこんなわたしの心象事情があった。

フランスと、日本という二つの国に暮らす私には、あまりにも違う二つの文化や、それによって生み出される異なった人情のなかを、ふらふらと行き来するうちに、デラシネされたわたしの根っこがどちらの国にも根付かなく、結局は故郷というものがない、という寒々とした心細さを感じるようになっていた。その心細さが飛行機の中で一人いるときには消えるのだ。宇宙を感じるほどの広々とした空の中に浮いているのに、静電気と埃(ほこり)の匂いがする、密閉された飛行機の中の小さな空間。そこにわたしはすべての束縛から解き放たれた無国籍地帯を感じて、安らぐ癖がついていた。この自分勝手な夢想は隣席に人がいないと、安堵感が一〇〇%完璧(かんぺき)になるのだった。

機内が超満員のその日、離陸寸前まで隣席は空いていた。（ラッキー）と喜んだわたしは、離陸十分ほど前に裏切られた。現れた男性は、「失礼します」と声をかけ、軽いスーツホルダーを置いただけで席に着くでもなく、後方に消え、次に現れたときには機内用のパジャマを着ていた。

旅慣れたようすに、ナントカ会社のエライさんに違いないと苦手意識が深まり、座席を倒して、毛布を被った。この頃はまだカプセルのようなソロシートが普及してなく、二人掛けのシートの真ん中に仕切りがあり、顔は見えないようになっていた。パリへ着いたらすぐに始まるルポルタージュのため、これは眠るに限ると思い、食事の後コニャックまで飲んだのに寝付けなかった。仕方がないので、映画を観たり、本を読んだりしても落ち着かない。隣に人がいるだけで、自由を阻害されたみたいな気分になる。その隣人は静かなのだ。

座席はベッドに作られ、毛布まで掛けられているのに、眠っているのか、起きているのか、ゴソリとも動かず、寝息も聞こえず、その静かすぎる存在感に圧迫されるような不安定な気分になった。話しかけられるのは嫌なくせに、あまりにも静かだとそれはそれで、勝手ながら、妙に気になる。出発前、いつもの癖でしつこいほどブルターニュの資料を読みすぎたせいか、神経が立って、芯まで疲れている自覚があった。未知の隣人の静かさに苛立つ自分が情けなく、いつもの二倍の睡眠薬を飲んで、二、三時間ほど眠れたらしい。

乾燥した機内で喉が渇き、キャビンアテンダントに飲み物をもらおうと、手を挙げたとき、終始無言だった隣人から声が掛かって吃驚した。

「パリへお帰りですか」低い静かな声だった。

「ええ、でもパリへは行くんです」

「あ、じゃ、今は日本にお住まいですか」

「いいえ、日本にも行くんです」

素っ気ない返事に隣人は黙った。

「パリへはお仕事ですか」

いくらわたしでも、社交辞令というものを思って訊いてみた。

「いいえ、パリで乗り換えて、プラハへ行きます」

この言葉がなかったら、わたしの物語は生まれなかったのだ。

プラハ。

このときから、三十七年も前に起こった「プラハの春」。それを先駆けるように始まったパリの「五月革命」（フランスでは革命とは言わず、争乱、とか改革と言っていた）。これは一九六八年の春、ソルボンヌ大学の分校、ナンテールの学生たちが起こした、変革を求めての争乱だった。ほぼ時を同じくして、プラハにはソ連型社会主義から脱却しようという民主化運動、「プラハの春」が咲き始めていた。世界中の若者が、ヴェトナム戦争に反対し、新しい社会構造を求めていた。

日本でも、学生たちが安田講堂に立て籠ったのはその翌年だったと思う。わたしは日本にはいなかったので、この事件は、ニュースでしか知らなかった。

けれど、「五月革命」では、学生と機動隊が衝突する現場にいたし、催涙弾を浴びて酷い目にもあった。その後、プラハで撮影していた夫に誘われて、パリとはスローガンを異にした、「プラハの春」を見るために、まだ幼かった娘を伴って、争乱中のジェネストで飛行場も閉鎖している中、軍用飛行場から発った。この特別扱いは、第二次世界大戦のとき、命がけで地下運動に入り、ナチス・ドイツから祖国を守った医科大学生の一人としての夫の功績に対しての計らいだった。ところが、飛行機に不具合が起きるという珍しい憂き目にあって、アムステルダムで一夜を明かし、二十六時間もかけて着いたプラハは、改革のはしりだった。

あのとき、パリとプラハ、ほぼ同時に起こったあの二つの改革の場にいなかったら、わたしは、「芸ひと筋」といわれるような立派な女優に収まっていたかもしれない。けれど、フィクションから、ノンフィクションへと移行したわたしの深層の風景は、思えば、もっと以前からうっすらと始まっていた。煩雑を避けたいので、それらのことは割愛するが、隣席の男性からプラハという言葉を聞いただけで、わたしの中に、結局は挫折してしまった、二つの改革で感じたさまざまな光景が思い出され、珍しくもひどく饒舌（じょうぜつ）になっていった。

　隣席の男性が行くそのときのプラハは、改革が成就する前に、ワルシャワ条約機構を掲げた、ソ連の戦車に踏みにじられ、淡雪のように蹴散らされた悲劇から三十七年も経っているプラハなのだった。あの美しいプラハは、今どんな姿になっているのだろうか……。

　夕陽を浴びて滔々（とうとう）と流れていた、ブルタバ川。その水面を眺めたのは、たぶん世界一風情のある美しいカレル橋。

まだ若かったわたし。その当時、大学生だった隣人は、「人間の顔をした社会主義」のスローガンを掲げた改革の首謀者、アレクサンドル・ドゥプチェックに拍手を贈ったという。

面白いことに、隣人も全席超満員の機内で、隣に女性がいることに辟易していたのだという。十時間以上も、顔も見ず、言葉も交わさず、お互いに迷惑に感じていた二人に、次々と話題が広がっていった。飛行機が高度を下げ、滑走路が見え始めたとき、隣人が言った。

「プラハのことを書かれたエッセイ集『30年の物語』、必ず読ませていただきますよ。ぼくはあなたの映画も観たことないし、ましてや、物を書く方だとは知りませんでした。びっくりしました」

爽やかな笑顔を見せて、荷物待ちのわたしに別れを告げ、ざわめく人群れのなかに消えていった男性は、わたしの胸にすがすがしい影法師を残した。

六十代半ばから考えていた、高齢者に訪れるかもしれない、夕暮れ時の煌めきを、出来ることなら、恋物語として書いてみたいという願望に、その具体像がポッカリと浮かんできたのだった。あの人を物語の主人公にしよう！　という夢が湧いてきた。あれほど嫌っていた隣席に乗り合わせただけの未知の人物に、途轍もない物語の発想を得ようとは！

わたしの人生には、えっ！　と息を呑むような非日常や、事件や、偶然がたくさんあった。

わたしに、偶然という僥倖がなかったら、わたしの人生もっと穏やかなものになって、不眠症などという業病にも煩わされずに、しあわせな「老後」を暮らす人間になっていただろう。

けれど、今のわたしではないわたしを生きるのは、やっぱりいやだ。

『わりなき恋』を上梓したのは、青い封筒をもらってから五年も経ち、
わたしは八十歳になっていた。

親しい仲にもスキャンダル

若さから遠ざかった男と女の物語を描くなら、起こり得るすべてのことを書いてみたいと思った。中途半端なきれいごとには絶対にしない、と自分に誓った。とはいえ、男というわけの分かりにくい生きものを生きたことがないから、どうしても女の視点でしか書けなかったように思う。

若さから遠のいた、男と女には、若い人にはないさまざまな障害がある。やさしさもあるし根深い美醜もある。苦い我慢もあるし、諍いもある。性愛という大事なものはどうなのだろう。これは、難題かもしれない。女も男も年を重ねれば、当然の不都合はあるし、体自体が変わっていくものだろう。

肝心なものから逃げない、と覚悟を決めたわたしは、まずパリで、五十歳ぐらいの、わたしに言わせれば、まさに女盛りの女医さんを訪れた。何の参考にもならなかった。知識のなかにはあるかもしれないが、正直に言って、花の五十歳には、十年以上も先のことは体験がないだけに、夢の空言のようにもどかしく感じられた。それで、もうじき病院を閉じるという七十歳過ぎに見える、著名な女性婦人科医に会いに行った。わたしとほぼ同年と思える名医は、しみじみとしたいい顔が無数のしわで覆われていた。その名医はやわらかい笑顔でいった。

「人それぞれですよ。興味の問題ともいえます。辛い日常生活に押しつぶされて、性愛なんてものに興味を失った女性は、若くても干からびてしまうことがあります。でも、わたしの患者さんで、ご夫婦仲もよく、夫婦生活もとてもうまくいっている高齢の女性もいます」

「その方……」と言い淀(よど)んでから訊いてみた。

「おいくつですか」

「今年八十一歳になるはずです」

「ええっ！」

腰が抜けるほど驚いた。そして、ヨーロッパのカップルは、日本とは違うのだろうと思った。

日本にも「女は灰になるまで」と有名な台詞を残した、高名な作家がいらしたが、わたしはあれは宇野千代さんという、才能に恵まれ、美しくも、あだっぽい姐御(あねご)の、啖呵(たんか)にも似た見栄台詞だと思っていた。

物語を書き進めてゆくうちに、どうしても、真実に近い現実を知りたいと思う場面が来てしまった。わたしは東急東横線で渋谷まで行った。渋谷駅のすぐ近くに、東京女子医大の附属病院があった。エレベーターに乗り、その二十階にある婦人科の受付に、実名実年齢を告げて薄日の差す、待合室の居心地のいい椅子に深々と体を収めた。贅沢なしつらえの待合室はかなり混んでいた。顔も名前も少しは知られたわたしが何の問題で……。と言いたげな好奇の表情をちらちらとは感じたが、わたしは怯（ひる）まず窓外に林立するビル群を眺めていた。あまり待たされずに招じ入れられた診察室には、中性的な医師がすっくりと立ってさっぱりとした態度で迎え入れてくれた。これらは『わりなき恋』のなかで詳細に語ったので、重複は避ける。とにかく、四年間、片時も放置せず、想像を巡らせながらも、手探りの部分、虚偽ないまぜの部分などを織り交ぜて、血道をあげて書き上げた。

始めがあれば、終わりがある。多難な道を乗り越えた「わりない」恋の「別れ」をわたしはわたし流の美学で飾りたかった。そしてそれを拙いながらも、わたし流に仕上げたと満足している。

瀬戸内寂聴さんが、連載なさっているエッセイのなかで、この小説を取り上げてくださり、褒めてくださった。

「直木賞を取ると思ったのに、何の賞も取らなかった」

とまで言ってくださった。それを読んで、もちろんわたしの力不足が理由だと納得するものの、旧時代のメロドラマ女優が！という漠然とした偏見や先入観、蔑視に近い差別をわたしは時折、かなり多方面で感じてもいる。その年は、紫式部文学賞にもノミネートされたが、もちろん叶うはずもなかった。

わたしの読者層はほとんど女性なのに、かなり高齢の、しかも男性の方々から、とてもいい読後感や、感想をいただけてうれしかった。かたや、わたしの女性読者層の中には、出版社の過激ともいえる宣伝に怯んで、買うのをためらった人や、「あなたとしたことが、愛欲小説を書くとは……」と読みもしないで見当違いの罵倒文を書いてくるやらで、怒ったり、笑ったりの忙しい時を過ごした。大手の週刊誌が、的外れのストーリーをでっちあげたりもした。その出版社には、わたしもエッセイなどを書いたこともあるし、数々の名著も手がける大好きな出版社なのに……。『愛のかたち』を出版した折に、文藝春秋の女性記者に訊いてみた。

「週刊誌は別なんです。編集長は、『親しき仲にも礼儀あり』じゃないのです」

「親しき仲は関係ないんだ」

「『親しき仲にもスキャンダル』がモットーの人です」

きゃっ、と言って笑い転げた。以降、わたしは週刊誌というものを買わないことにした。

一人舞台と、ブタペストから来た友人

『わりなき恋』の、恋模様を私は映像にしたかった。若さから遠ざかった男と女の愛の姿を、その精神性から官能美の極みまで裸なんかを見せずに描きたかったし、その自信もあった。けれど主役の伊奈笙子(しょうこ)を演じてくれる女性が見当たらなかった。だいいち厖大(ぼうだい)な製作費をどう捻出するのか。私の映画化への夢が虚(むな)しく果てていったとき、私の所属する事務所の小川オーナーが提案してくれた。

「舞台で朗読したら」と。

「あんな長いもの、観客眠っちゃうわよ」

「ですから舞台用の脚本にするんですよ。『蟬しぐれ』のときのように。ただの朗読じゃなくて、演じるんですよ」

私は数日間考えて決断した。

わたしが脚本を書き、スクリーン・バックに映像を流しながら、舞台を歩き回っての一人語りを演じた。

初日、満席になった明治座の袖裏で歯の根が合わないほど怯えた。わたしは舞台経験が極端に少ない。

わたしの初舞台はパリだった。ある日、映画、『美女と野獣』以来大ファンになった詩人であり、絵画やフレスコ、舞台や映画の演出もする、「魔術師」と嫉妬と羨望をこめてパリジアンたちが評した、そのジャン・コクトーさん自身から、戯曲『影絵』のなかの安南（ヴェトナム）の民話「濡れ衣の妻」の妻を演じてほしい、と言われたときは、卒倒するほど驚いた。

「わたし、舞台というものを踏んだことがないのです」

「あなたは舞台を踏むのです。わたしが演出します」

おずおずとお引き受けしたわたしの初舞台は、コクトーさんの最後の舞台演出となった。

なにもかもが意表をついていた。顔では表情を作らない。二枚の、うちわのような大きなお面の表裏にコクトーさん独特の喜怒哀楽を浮かべた顔が描かれているのだった。それを両手で一枚ずつ持ち、ひらりひらりと、ひるがえしながら、顔を覆って表現する。

散文詩のような台詞は、韻を踏んで、高い声で歌うように語る。動きは流れるように、踊るように……。初めは怖れていたその独特の演出による演技は、学生時代に通い詰めた、小牧バレエ団で体得した動きが幸いして、コクトーさんのお気に召していただいた。海外旅行が禁止されていた時代のこと、舞台を観てくださった日本人はたったの六人。当時の日本大使夫妻、毎日新聞の支局長夫妻と、禁止前からパリにいらして、フランソワーズ・サガンや、シモーヌ・ド・ボーヴォワールなどを訳した朝吹登水子さん、たまたまペンクラブの公式訪問でいらしていた三島由紀夫さん。その三島さんが絶賛してくださった。わたしは二十八歳だった。

日本での初舞台は、渋谷のパルコ劇場だった。アガサ・クリスティーの原作、『検察側の証人』を『情婦』とタイトルして、どんでん返しの多い映画の女性主人公を演じたのはマレーネ・ディートリッヒだった。その役を演じたときも、わたしは、まるで初心者のように出番前はガタガタと震えていた。舞台経験のない生粋の映画人、市川崑監督が演出をしてくださった。初日の朝のラスト稽古で、幕開きのすぐ後に、登場人物が台詞を言うきっかけになるはずの、リーンと鳴り響く電話の音が、ちょっと遅れてタイミングがずれてしまった。するると、見学者が大勢いる観客席のど真ん中に立ち上がって、市川監督は両手を大きく広げ、「カット！」と大きな声を出した。主演を務めるわたしも演出家も、映画人丸出しの「カット！」に笑い声がざわめいた。

舞台三回目は、同じパルコ劇場で、脚本も演出もアメリカ人の『シャネル』だった。

たった三回しかない舞台経験。しかも、自著を自分で脚色した一人舞台。初日は、由緒ある「明治座」だった。劇場が超満員の観客で埋まった開幕前の舞台裏で、わたしは引き攣れた真っ青な顔で、膝はがくがくと震えていた。この状態をフランス語では開幕前の「トゥラック」と呼ぶ。日本では何と言うのかしら……などとよけいなことを考えても体の震えは止まらない。どうしよう！　この舞台には演出上はじめも終わりも幕がなかった。スクリーンに映像が映り、わたしの声がナレーションで流れるのが「始まり」なのだった。

開幕のベルが鳴り、流れ始めた自分のナレーションを聞いたときには、心臓がドクンドクンと波打ち、倒れるかとさえ思った。

わたしを助けてくれた素晴らしい演出家、星田良子さんが無言でやさしく肩を押して送り出してくれた。

幕はなかったが、スクリーンの二メートルほど前に紗幕があった。その間に走り出したわたしにライトが降り注いだ。

眩(まぶ)しいほどの光と、観客席に沸きあがった拍手の中で、それまで一時間以上続いた震えるほどの恐怖は、不思議なことに雲散霧消した。怯えるわたしが消えた。天から下りてきたとしか思えない異様な力がわたしのなかに満ちてきたのだった。

わたしは完全にわたしを去り、物語の主人公、伊奈笙子を生きた。自分でも驚くほど身の入った熱を感じた。演じ終わって観客のわれるような拍手を浴び、しあわせを感じた。スタッフも喜んではくれたが、水を飲む暇もなかった五回の衣装替えにぐっちゃりと疲れたわたしに、舞台裏の暗がりから走ってきて突然、飛びついてきた人がいた。

「けいこ！　よかったわよ！」

東欧のブタペストから舞台を観に来てくれた、六十年来の女友達だった。

「ほんとによかった。今日は楽屋に入り切れないほどのお客さんで大変でしょうから、明日、横浜の家へ行くわ。あなたの手料理が食べたいけれど、疲れているでしょうから、店屋物でもいいわよ」

それだけ言ってさらっと帰ってしまった。

この個性的な彼女との友情は途切れ途切れではあったが、驚くほど長く続いている。彼女は、まだ高校生だったときに十七歳も年上のフランス人と結婚して、かなり自由に、むしろ日本の女としてはあっぱれなほど奔放に生きている人で、一時期パリでもその雄姿を噂されたりした。

その後、年上のフランス人とは離婚して、東欧はハンガリーの首都ブダペストに住む映像作家と再婚したときは驚いた。

華やかなパリジャンたちのなかを蝶(ちょう)のように舞っていた彼女が、いきなり社会主義の色濃い町に移り住んで、それなりの服装に変わり、言葉も習得してしあわせそうな暮らしぶりを自慢げに語り、けれど生来の奔放さは相変わらずだった。

日本に姉妹がいるのでほとんど毎年のように来ている彼女も、後期高齢者の仲間入りをした。年なりに皺もあり体にもいろいろと故障が出てきたと嘆きはするが、なんとはなしに美しい。芸術的と思うほどの虚言も吐くが、それはいつも奇想天外でおもしろい。興が乗れば、どこへでも出掛けるし、ちょっといいな、と思う人物には男女を問わず積極的に電話をして会うチャンスを作る。

その彼女が、しみじみと言った。私の小説『わりなき恋』を読んで感動したし、舞台を観て、こころにしみて切なかったし、終わり方がよくて泣いたわよ、などと言ってくれた。そして、急に呟いた。

「女はいくつになっても恋はするわね。恋とはちがうかもしれない。

『わりなき恋』とはちがうかもしれない」

「どうちがうの」

わたしは恋愛歴過多な彼女の感想に興味を持った。

「セックスレスなのよ」

「あたりまえでしょう」

彼女の感想は、あくまでも彼女中心のこころ模様である。

「胸がどきどきするのよ。たまらなく会って話してみたくなるの」

「だれに？　今そんな人がいるの？　どんな種類の人」

「若くもないし、年寄りじゃダメなの。これからほんものの老人になるちょっと手前にいる男に凄くなまめかしい魅力がある人がいるのよ」

「外国人？」

「日本人よ。明日その人に会うの。一度どこかで会ってどうしても話してみたいから、日本へ着いてすぐ電話したの。頭がよくて若い人にはない静かさがたまらないの。それでどうしようなんて勿論ないわよ。ただどきどきしたいの」

積極性と行動力は変わらない、と皺に囲まれた顔をいとおしく眺めた。心臓の一部の血管が詰まり、そのうえ、ところどころ石灰化したので、血がさらさらする薬を飲んでいるのだと言った。

「副作用がひどいのよ。あなたに会うのに気が焦って出がけにテーブルの脚に脛(すね)をぶつけて、足の小指を突き指しちゃったの。そしたらこんなに腫れちゃって」

と片足を引きずりながら翌日、長い坂を登って我が家へやってきた。疲れてはいたけれど、お手伝いさんに手伝ってもらって昼食はわたしが作った。彼女の恋愛論も、夫婦論も、特に嘘八百と分かる話も面白かった。

「どこまでほんとだか分からないところが面白いわね、ときどき呆れるほどのウソをつくんだもの」

「ウソなんかじゃないわよ。そのときはほんとなのよ」

「気分次第なのね。ウソがほんとになったり、ほんとがウソになったり」

パリのわたしたちの家に転がり込んできたとき、どこまでがほんとか分からない混み入った筋書きの話に引きずり込まれ、疲れ果てたことが何度かあった。若い日々のそれらを思い出して、わたしは笑った。それを受けて、彼女もちょっと一物（いちもつ）ある不思議な笑いを笑った。陽が傾き、長いお喋りの後に促した。

「明るいうちじゃないと脚が心配だわ。もう帰りなさい」

彼女はわたしをじっと見つめた。

「もう会えないかもしれないのよ。あたし、毎回思うのよ。これが最後になるかもしれないって」

「じゃ、夕ご飯も近所においしい小料理屋さんがあるから一緒に食べよう。その脚じゃ二十分ぐらいかかるからタクシー呼ぶ」

「ううん、歩く」

坂道をわたしの腕にすがってゆっくり歩き、食事が済む頃には足の甲と脛がひどく腫れあがって、靴を履くこともできず、馴染(なじ)みの料理店『菜』の奥さんが出してくれたゴム製のスリッパを履いてタクシーに乗った。わたしも駅で降りようと一緒に乗った。

「電車には乗らないで、このままタクシーで帰るといいわ」

「どうして、東京まで乗ったら高いのよ。もったいないじゃない！」

彼女は財テクの達人で、お金持ちのはずなのに、彼女なりの生き方があるのだろう。駅まででタクシーを降り、片方だけスリッパの足を引きずって改札を通る彼女は、どう見てもかなり珍妙な格好で、わたしは噴き出した。

「けいこ、また来るわよ。もう少し生きていてね。わたしより先に死なないでね」

人眼を気にしないあっぱれな不格好さで、急に涙ぐみながらわたしを振り向いた。ちょっと胸が詰まったわたしは笑った。

「明日のどきどきはお預けね」

「どうして！　絶対に行くわよ」

「スリッパで？　結構みっともないし、滑稽な姿よ」

「滑稽でいいわよ。だって、もう会えないかもしれないじゃない。『わりなき恋』の始まりかもしれないじゃない」
彼女は向日葵のように明るく笑った。後期高齢者・三年生の素敵な笑いだった。

下品力

「百万部売る！」と張り切っていた、『わりなき恋』の出版社の見城徹社長に、わたしは五年ぶりに会って正直に言った。

「おかげ様でかなりのベストセラーにはなったけれど、わたしの書くものは、百万部なんか絶対に売れないと思うわ」

「そこまで売るには、あなたの文章は上品すぎる……」

あとの言葉は忘れたが、上品すぎるという言葉の裏にある彼の思惑には、それそうとうの含蓄のある真実を感じて、わたしは少し躊躇(ためら)ってから言った。

「わたしには、いい意味での『下品力』がないのよ」

「下品力？」

「たとえば……、この例は突飛で、日本中の美空ひばりファンに袋叩きの目に遭うかもしれないけれど、彼女が持っている類(たぐい)ない声と言えばいいのか、つまり発音の仕方に、聴衆が熱狂するたまらない特徴的なある種の下品さがあると思うの。品がないというのとは違うのよ。あれが、わたしの言う誰にも真似のできない天が与えたとしか思えない魅力的な下品力なの。フランス語を出して申し訳ないけれど、フランスでは下品をヴュルゲールというの。それがヴュルガリザシォンとか、ヴュルガリゼ、と名詞や、動詞になると、大衆化とか、普及させ、流行らせる、つまり大衆のこころをつかむ、という意味になるの。終戦後のなにもかもが貧しかったとき、まだ小さかったひばりちゃんが『右のポッケにゃ夢がある 左のポッケにゃチュウインガム……』と歌ったのは素晴らしかったわね。でも、二十歳頃からの独特な下品力に、わたしはちょっとひけてしまったの。それが、病気を押して、あまりにも若かった彼女の晩年のコンサートは、神が降りたとしか言えないような、凄く魅力的な、下品力を突き抜けた、崇高ともいえる品格があったとわたしは思うの。人生を静かに受け入れて、しかもあれほどあでやかに歌えるなんて……。作詞家にも作曲家にも恵まれていたわね。当然だわね。あれほど幅の広い音域を、聴き手に、不思議な興奮を与えながら渡り歩く人に、詩も曲も書きたくなるわね」

長い説明を終えてわたしは黙った。

「下品力……。うん、いい言葉だね」

と見城社長は言った。わたしはにやりと笑った。

「いい言葉なのよ。取らないでね。宣伝文句に使ったりしないでね」

彼はわたしを面白そうに眺めた。

「わたしが思う下品力の稀有なる力は、ただの下品じゃダメなのよ。そこに滲み出る、大衆性があってこそ爆発的に受けるものだと思うの」

「そういうものを書いてくださいよ」

「歌と文章は違うけれど、わたしの書くものには、『下品力』がないのよ、大衆性がないのかもしれない」

「だから、外国で起こる、時事問題なんかがあまり絡まない、分かり易い、今のあなたに起こっていることを書いてくださいよ」

よくは憶えていないけれど、そういう意味のことを言われた気がする。

彼がわたしを評して、

「彼女は、時事問題が絡んで自分に起こったことしか書けない人だ」と、周りに漏らしたことがあるのをわたしは知っていた。だって仕方がないでしょう、わたしは日本より海外に住んだ時間が多いんだし、ヨーロッパは、今世界一平和でマナーのいい我が祖国とは違うんだから。そのど真ん中に生きていれば、それなりに反応してしまうのは当然じゃないかしら。とはいえ、我が愛する同胞は、よそ国で起こっていることにあまり関心を持たないのも事実だから、目の前の見城社長が言いたいこともよくわかる。

それでは書いてみようか、最近起こった、あまりにも私的なドジ話でも……。わたしは、あまり自慢できないことの次第を書いた。

八十五歳の、見栄とはったり

二〇一八年のお正月、友人に誘われて京都のお寺巡りをしたとき、もみ合うような人混みのなかで、強烈なB型インフルエンザのウイルスを頂戴してしまった。B型が終わってもA型に乗り継ぐなどというこの年の流行は免れたものの、この迷惑な頂戴もので絶え間なく襲ってくる咳の連鎖が治まってくれない。そのさなかにも拘（かかわ）らず、次なる不運は一月二十二日の大雪だった。肋骨（ろっこつ）を二本折ってしまうという始末。

「あの雪じゃしょうがないわね」と友人が同情の声。

「雪で滑ったんじゃないのよ」

本当のことを言うにはちょっと勇気がいる。

あの日、昨年秋（二〇一七年）に出した小説『愛のかたち』について、『ゴロウ・デラックス』という番組の収録のため、赤坂のＴＢＳに行ったのだった。ひどく寒い日だった。

あと小一時間で迎えの車が来るという時間帯にも拘らず、お風呂で少し温まろうと思ってしまったのだった。時間を気にしながらシャワー用の泡立つクリーム・ソープを全身に塗り、泡あわの体で泡あわの床に立ち上がろうと腰を上げた途端、激しい名残り咳（なごりせき）に見舞われ、バランスが崩れた体が泡にからめとられて、
つるり！

（きゃっ！　転んだら大変）こんなときの自慢は滑稽にすぎるけれど、わたしは元来秀逸な運動神経に恵まれ、瞬発反応の天才だ、という自信がある（本当かどうかは本人の認識の問題デス）。で、転ばぬように、頭を打たないようにと、何かにつかまり、すってんころりは免れたものの、凄い勢いで左わき腹をバスタブに打ち付け、息もできない激痛が走って動けなくなってしまった。一〜二分？　だったのか、その場にストップ・モーションよろしく無様な姿で固まってしまった。

収録は延期してもらったほうがいいに決まっていると思いながら、わたしは約束の二時間前にドタキャンなんて芸当はできない性分なのだ。迎えが来たときには準備万端整えて体を折りながらも、古びてひびだらけの大谷石の塀に寄りかかり、なぜか意味もなく車に向かってにっこりと照れ笑い。

「どうしたんですか？」と顔なじみの女性ドライバーがすぐに異常を察知して階段を駆け上がってくれた。

彼女とお手伝いさんに支えられて、ヒーヒー言いながらもやっと車に乗ったのだった。

大雪予報は昼頃からだったのに、まだただの曇り空、高速も空いていてTBSの玄関には約束の二分前にピタリ。

車椅子を用意してくれるというのに、そこは詮無いわたしの見栄とはったり。「だいじょうぶ！」と言い切って長い廊下を内心ヒーヒー言いながらも巨軀のプロデューサーに腕を組んでもらってスタジオへ。

稲垣吾郎さんも、女性アナウンサーも素敵に感じよく、でも正味二十分ほどのオンエアなのに長〜いインタヴュー。体はおろか肩を動かしても痛み、その硬直したぎごちない有様はオンエアを見てぞっとしたし、お二人で『愛のかたち』のさわりを朗読してくれているのに、（そんなにせっかちに読むなよ。へったくそっ！）などと、しかめっ面をして聞いているのがちゃんと映っていた（ごめんなさい、八つ当たりの悪態はご容赦のほどを）。

収録を終えて、局を出たときは夜。黒い夜のなかに、真っ白く積もった雪。

高速は危なげなく走れたけれど、降りた途端にまったく動かない長蛇の車列。そこここに雪を被って乗り捨てられた車が邪魔をして、ふだんなら二十分かからない道のりを一時間半。

おまけに我が家は山の上。悪い予感が当たって、坂道に入った途端、スノータイヤなのにたちまちスリップ。

運よく電車が着いたのか、駅から出てきた人たちが四、五人「せーの」と押し上げてくれて大助かり。

それでもよたよたとよろけながら登り坂をやっとのことで我が家が見えるところまでたどり着き、安堵した途端に、ずずーっと、またスリップ。一度目よりたちの悪そうな深みにめり込んだらしき車は、やや傾いて強情そうな佇まい。お手伝いさんを呼び出して、スコップやら、砂利の袋を持ってきて、周囲にまき散らし、ドライバーとお手伝いさんがいくら満身の力を出しても、動かばこそ。

二人に支えられてわたしは家に入れたものの、連絡したタクシー会社もあちこちのスリップ事故で、配車係以外の人員はすべて出払い、車を放置できないおなじみドライバーは、あえなく待つこと一時間あまり、だったとか。

三々五々道行く人たちは、ちらりと見ながらもそのまま通り過ぎ、

「あらっ、と思ったら留学生風のアメリカ人が三人で懸命に押してくれているんですよ」

と、後日語ったドライバー女史。

「あ、布教を兼ねてこの辺に住む若いアメリカ人がいるのよ」とわたし。

「たぶんその人たちかもしれない。その若武者三人がかりでも手に負えず、わたしに向かって何かを叫びながら去って行っちゃったんです。がっかりしてこのまま夜を明かすのかと観念していたら、彼らが戻ってきてくれたんですよ。雪かき用の特大スコップを持って五、六人で！」

「すごい！　仲間を集めて助けに来てくれたんだ」

「日本人が見て見ぬふりか、周囲の人に声掛けして助けてくれるのは照れ臭いのか、車の中に女が一人で困っていても、冷たく通り過ぎていってしまうのに、アメリカ人のなかにもこんなに優しい人たちがいるんだ、と感激しました」

彼女がその青年たちのおかげで帰り着いたのは、夜の十時。局を出てから、四時間半。普段なら一時間かからないところを……。

「肋骨の八番と九番が折れています。ひどい傷ですよ。これで東京までお仕事に行ったんですか？」

と、翌朝いちばんで行った近所の整形外科病院の藤中先生があきれ顔。咳き込んだわたしが「痛っ」と体をよじるのを見て、

「咳をして痛まなくなるには二週間半、寝返りを打てるのには、一カ月半。全治には三カ月かかります」

と笑顔で下された診断。その笑顔には、母もお世話になった顔なじみの先生の、口には出さない（たまには年を考えなさい）という叱責混じ

りのからかいがあるのをわたしはちゃんと了解した。

わたしはそのとき八十五歳。

けれど、人生の最晩年を生きているという自覚はあっても、自分を「年寄り」と感じたことは一瞬たりともなかった。

「完治には三カ月」と言われたにもかかわらず、ひと月も経たずになんと、わたしはまたやってしまったのだった。

『徹子の部屋』の打ち合わせで、その翌日に局の人二名、文藝春秋のプロモーション部の女性と、わたしのマネージャー、四人の女性が来ることになっていた晴れた日曜日の昼近くだった。

わたしは自宅を事務所にしているので、打ち合わせにわざわざ東京から出向いてくれて、長い坂を登って来てくれる人たちに、わたしなりの気を遣う。せめて玄関に、今を盛りと咲き誇る裏庭のミモザを活けてこころよい出迎えを、なんぞとよけいなことを思う生まれもっての性分は直らない。まったく何と無謀で有害な気遣いだったことか！

玄関で、自分の庭履きをはくには体を捩らなければならず、わき腹骨折に激痛が走るのを避けて、目の前にある男物の大きな庭スリッパをひっかけて、裏庭へと小走り。

裏庭への路には、とびとびに敷石が敷いてある。ある瞬間、体がふわっと前へ浮いたのだった。異様なおののきが湧きあがり、そのおののきのなかで体が前に飛んだのだ。

（えっ、なにこれ？　なんだか大変なことが起こるみたい！）

わたしは予知能力にも長けているらしく、ふっ飛びながら、変事を咄嗟に悟ったのだった。わたしの情けないほど小さな足は、大きな男物のスリッパのなかで泳いでしまい、先っぽが、庭石の下に滑り込んだらしい……とは、あとから分かったこと。わたしのたぐい稀なる予知能力は、いつも（あ、そうだった、感じていたんだ）と、あとから気付くという欠点を持っている。

たいへんだ！　と感じた瞬間わたしの意識がとぎれてしまった。わたしから、わたしがいなくなった瞬間である。

（痛いっ、顔が痛い、胸が痛い、両手も膝小僧も痛いっ、寒い、凍える！）

と意識がよみがえるまで、何秒か、何分か……。

（ここはどこ？　あたしなにしてるの？）

我が古家の裏庭へ抜けるデコボコの敷石になぜうつ伏せに寝ているの？

アタマの中がぼやーっと白んでいる。やがて、白んだ意識にほんの少し色彩がよみがえり、蛙のようにべちゃっとみっともない姿で、寒風にさらされている身をすこうし起こしてみたら、顔の真ん中から流れてくる真っ赤なもの。これ、もしかして血？　顔も、胸も、膝も、どこもかしこも痛い。顔も両手も血だらけ。

（そうだ、ミモザを採りに行くんだっけ）と、うすぼんやりと思い浮かべる。それにしてもこのおびただしい血はなに？　そこで思い出したのだった。わたしは二年前から冠動脈狭窄症という、ありがたくない欠陥を持っているということを。

つまり、心臓のあなどれない位置の血管にコレステロールが迷惑な小高い山を作り、血の流れを五〇％狭めているのだった。結局、前記したブタペストの友人と同じような欠陥があったことをうっすらと思い出したのだった。

「お歳を考えれば、これはままあることで、心配するほどのことじゃありません。八五％でも生きている高齢者はいますよ。ステントを入れて狭窄を広げることもできますが、まだ大丈夫です」

「ステント？　異物を血管のなかに入れて広げるんですか。いやです、怖いです」

「五〇％の狭窄はそれほどひどくない。あなたの年齢で、ステントをいくつも入れている人は沢山いますよ」といつも明るく、わたしの素人考えを分かりやすく訂正してくれる大病院の藤井芳明院長先生。

（でも、どうしてお医者さま方は、あなたのおとしで、とか、高齢者とか言わずもがなのことをおっしゃるんです！）とわたしは少々むくれた。

「血をさらさらにする薬は飲んだほうがいいかもしれない。まあ、薬というものは患部は治せても、思わぬところに副作用が出たりすることもあります」

と言われたのも二年前。

「そんなもの飲みたくありません」

と、断固抵抗したのは、ブタペストの友達の腫れあがった足の甲と脛を思い出したからなのだった。この薬はすべての良薬が持つ副作用という名の毒があり、切り傷をすると、血がなかなか止まらない。もっとひどいのは打ち身、いわゆる内出血。頭を打ったりしたらたいへん。との、医師の説明もはっきりと思い出した。

そのたいへんをわたしはやってしまった！　つまり、二年間抵抗していた血をさらさらにする薬と、コレステロールを下げる薬を二カ月ほど前から真面目に飲み出したのだった。

極寒の裏庭で蹌踉（そうろう）と立ち上がるわたしに、自分の軽率な行為は自分で始末するしかないと、誰も見ていないのに、澄ま〜した顔でしゃっきりと背筋を伸ばし、ぼたぼた流れる血をものともせず、家に入って鏡の前に立った。

前向きに倒れたのだから当然のことながら、前頭部や額を打ち、眉間から流れるおびただしい血。上唇の端から、小鼻や顎、胸や膝小僧も痛かったけれど、まず、血だらけの顔を見て、ただ茫然。

その日は日曜日、前述の近所の整形外科医院は閉まっているし、お手伝いさんもいなくて、わたしはひとり。

わたしは考えに考えて、最良と思われる、最悪の治療を自ら施したのだった。なかなか止まらない血に業を煮やして、消毒液をいっぱい含ませたコットンで押さえ込み、眉間から上唇にまで同じく消毒液が滴るほどの濡れコットンを積みあげ、その上に乾いたコットンを重ね、絆創膏で止め、こんもりとうずたかい顔を大きなマスクで固定して、服も脱がずに、暖房を強くして、ベッドにぶっ倒れて不貞寝(ふてね)をした。

翌朝、わたしの顔から皺が消えた。つまり、鼻梁(びりょう)と頬っぺたが同じ高さになるほど腫れあがり、細い顔がはち切れるほどまん丸くなり、腰が抜けるほど驚いてしまった。

マネージャーに電話を入れ、十三時の打ち合わせを夕方に変更してもらって、整形外科に足を踏み入れた途端、顔なじみの婦長さんが慌てて、わたしを奥の一隅に伴い、カーテンですっぽりと姿を隠してくれた。

それほど、わたしの形相は見るに堪えないものだったにちがいない。

敬愛する整形外科の藤中先生は、驚きもせず、あきれもせず、淡々とわたしが積みあげた濡れコットンを外し、

「傷は濡らしてはいけないのです」

と言って特殊らしき絆創膏をピタリと貼り、

「これは傷跡を残さない最良の方法です。空気も水も通さず、傷の底から湧いてくる体液を吸収して、カサブタの代わりをしてくれます。自然治癒力を促す療法ですから体液が白く盛り上がってきても、剝がさないでください」

「先生、胸も痛いんです。右の乳房が内出血で蒼(あお)黒く腫れています。すごい眺めです」

恐る恐る言ったわたしに、先生は驚きもせず、

「そうでしょう、肋骨が折れています」

といたって冷静。

濡れコットンに、マスク、そのうえ暖房と電気毛布でベッドが蒸れ、膨れ上がって変形した顔は夕方の打ち合わせまでには、かなり落ち着い

たものの、べたべたと貼った絆創膏がマスクで隠しても隠し切れずのわたしを見て、我が愛するマネージャーはけしからんことに弾けるように笑って言ったのだった。

「ごめんなさい。悪いけど笑っちゃいますね、その顔！　まさに恵子さんお得意のおっちょこちょいの極みですね」

「おっちょこちょいではない！　ちょっとそそっかしいだけ」とわたし。

『徹子の部屋』のお二人が心配げに、

「収録まであと二週間しかありませんけれど……延期しましょうか」

と言ってくれているのに、そこはまたわたし自慢の見栄とはったり。

「だいじょうぶ！」

と言い切って収録の当日が来た。

当然のことながら、黒柳徹子さんが切り出したのはわたしの「こけ」

の顚末。ほかの傷は化粧で隠れたけれど、眉間の絆創膏は剝き出しのまま。照明さんが驚くほど巧みに灯りで消してくれてはいても、

「ま、すこし分かるけど……」

と徹子さんは正直だった。

調子に乗って自分のバカ話を続けながら、こんな話をするために来たはずではない。番組終わっちゃうよっ、と焦ったとき、さすがは大ベテランの徹子さん、我が新作『愛のかたち』に話を移してくれた。

「わたしの初めての小説『風が見ていた』や、五年前にベストセラーになってくれた『わりなき恋』とは意識して少し構成を変えました。物語の映像が浮かび上がるように、ドラマの脚本のようになるべく状況説明や、心理描写などを簡略にしてアップテンポで、台詞で勝負をしたつもりです」(勝負するほどたいした台詞でもないか……いや、あれはなか

なかいいんじゃないの）というようなことを思いながら話した記憶がある。

　残念ながら番組の終わりに近い時間帯だったので、かなり焦り、わたしの新しい試みについて語ることはできなかったし、「愛のかたち」と「南の島から来た男」の二篇を収録した、わたしの愛しい哀作は、頓馬なバカ話のせいで人々に関心を持たれることはなかったにちがいない。

　嗚呼（ああ）！

　局を出たら、日暮れと夜のあわいをゆく空に、夕焼けの残照が黒雲を虹色に染めている不思議な光景が広がっていた。

　それは未知への真摯な憧憬と恐怖が潜んでいる、胸がドキドキするような眺めだった。やがてはどっぷりと夜の中に溶け落ちてゆくその風景を、自分に残された僅（わず）かであろう生と重ね合わせて、なにかこそばゆい気持ちで自分に活をいれたのだった。書いてゆこう。読む人がたとえチョッピリしかいなくても、わたしを充たしてくれるそれが最良の暮らしかたなんだから……。車窓のガラスを少し下げて、流れ込む冷気に顔をさらし、夜が落ちる前の巨大な宇宙へ小さな声で呟いた。

「なんにもすることがなくなったら、わたしをその紅色の夜のなかに溶かして」と。

マネージャーのメモ

「恵子さん、『徹子の部屋』で、生まれてこの方、一度も転んだことがないの』なんて言ってましたね」と、珍しい人から電話があった。

「そうよ。二度あることは三度あるなんて言うから、今度、家の中で、わざと軽く転んでみようと思っているの」

「よく言うよ。山下公園の正面にある駐車場でばったり倒れたことは忘れちゃったんですか」

「え?」

わたしは忙しくそれらしき景色を思い出の中から探し出そうと右往左往した。それは十年も前のことだったので忘れていた。出来上がったオーバーコートのどこかが気に入らなくて、直してもらうために、行きつけの老舗、信濃屋の女性と駐車場で待ち合わせたのだった。信濃屋は横浜、太田町に慶応二年に創業した、日本初めての唐物店である。小津安二郎監督も、ここでよく買い物をした。イヴ・シァンピもこの店でわたしの父にボルサリーノを買ってプレゼントしてくれた。その大店の番頭格の女性を、車の中で待っていては、横着だし、見つけにくいと思って、大きな荷物を持って、飛び出し、彼女に向けて駆け出しながら手を振った。次の瞬間、バッサリと前向きに倒れたのだった。そのときも瞬間気を失った。荷物を持ち、足元を見なかったわたしが転倒したのは、日本では駐車場に車止めブロックがあるなんてことを忘れていたのだった。

こんなにガラ空きの広々した駐車場に、なぜ白線で仕切りを付けたり、車止めブロックなんか付けるのよ！　まったく日本は何から何まで几帳面なんだから！　自分の不注意を棚に上げて、ブツブツ言ったわたしは、今より若かったからか、顔も足も怪我をせず、ただ右脚の膝小僧のお皿を割ってしまった。通行人までが駆け寄ってくれ、友人と待ち合わせていた女性に助け起こされながら、「だいじょうぶ！」と笑って派手派手しい見栄を切った。そして、痛みは感じたが、予定通り、友人とお寿司を食べ、自分で運転して帰った。翌日、前記の整形外科に行ったら、

「膝小僧のお皿が割れて、ほんの一部がかろうじてつながっている」

と呆れられ、痛みが急に身に染みてきたのだった。

その話を聞いたわたしの昭子マネージャーが笑い出した。

裏表のない、なにごとも感じたままをズケリという彼女は、わたしの

受け止め方など考慮しない清々しさがあって、わたしには最高のマネージャーである。彼女の上に事務所を総括する、女性の小川オーナーがいる。二人とも、わたしは矯正の利かないおっちょこちょいだと思っている。多少の真実はあるので、わたしは黙るしかない。外国のロケのとき、もう朝の九時、出発の時間なのに一向に現れない昭子マネージャーの、めったにない遅れが気懸りで、部屋に電話を入れたら、眠そうな声が瞬時の後、いきなりぱきっとした。

「まだ朝の三時ですよ！　よく時計を見てください！」

よく見たらわたしは腕時計を半回転して、逆につけていたのだった。

あるときは、大事な番組の記者発表で、大勢のマスコミが待っていてくれる部屋に入ったものの、足が痛くて体が傾いてよく歩けない。会見が終わった後も、記者の一人にすがるようにして、車に乗り、痛すぎる靴を脱いだ途端、マネージャーが悲鳴を上げた。

「恵子さん、足には右と左があります」

「言うまでもないよ」

「言う価値はあります。痛いはずですよ、両方とも左足の靴を履いているんですもの！」

　これには二人で大笑いをした。わたしの足は、なんの因果か、背丈のわりに極めて小さいのだ。二十一センチなんてサイズには洒落(しゃれ)た形や、色など望むべくもない。下駄箱の中は、ごく平凡な白か黒のパンプスが混み合っている。間違えないで選ぶほうが難しい。つまり、わたしは被害者なのだ。こんな場合、おっちょこちょいと、そそっかしい、との差を力説しても詮無いこと、という人生学をわたしは所有しているのだ。

　その昭子マネージャーは、わたしのドジ・メモをつけているのだった。

「舞台から、落っこちたことは転倒とは言わないんですか？」

「舞台から落っこちたこと、断じてない！」とわたし。

「舞台の上に作った舞台です。忘れちゃったんですか」

「ああー、そんなことがありましたですね。でもあれは、あの劇場の作りが悪かったのよ」とわたし。

その劇場は、客席に勾配が足りず、後部席の人たちには、わたしの顔や、着ているものが見え難いと、劇場側が気を利かせて、舞台の上に机の高さぐらいの、一・五メートルか二メートルほどの四角い台を用意してくれ、後ろに急ごしらえの階段があり、わたしはちょっとした火の見櫓(やぐら)に上ったような落ち着かない気分になった。

「くれぐれも、台から落ちないでくださいね。話が終わったら階段は後ろですからね」昭子マネージャーがいわずもがなのことを強調した。

極めて不安定な状態のわたしの話に観客が沸いてくださり、いい雰囲気で公演が終わったとき、後ろから突然女性が現れ、大きな花束をわたしに捧げてくれた。顔から胸まで隠れそうな花束を持ち、右手に持ったマイクを高々と上げ、スタンディングオベーションをしてくれる人もいる観客に更に右手を高く上げて、そのまま左へと歩いた。

後ろに花束の女性がいたのである。だから間違えたのでは決してない。わたしは公演の後、聴いてくれ拍手を贈ってくれる観客に、手を上げて挨拶をして、横に歩きながら舞台を去る癖がついている。足元など見ないで、後部座席の人たちに視線を向けているのだった。昭子マネージャーの注意など思い出せばこそ、である。

当然ながら、観客の歓声は、ぎゃあァ！　という悲鳴に変わった。花束もマイクもどこかへ吹っ飛び、わたしはこの上なく無様な姿で、仮拵え（ごしら）の台からドサーッと転げ落ち、舞台の床にへばりついていた。ガマガエルでも、わたしよりはカッコよくへばったに違いない。

全身に痛みが走った。こんなことでへこたれては女が廃る。やおら立ち上がり、ドレスの汚れ（汚れてなどいなかった）を優雅に払い、ゆっくりと歩いて階段を上った。劇場は一瞬異様な雰囲気に満ちた。わたしは満面というほどの笑みを作った。

「さきほど、肝心なことを言い忘れたので、捕捉させていただきたいと戻ってまいりました。みなさま、フランスには、妙な言い伝えがあるのです。年をとると、空間を爽やかに歩けるようになる、という信じがたい迷信のような言い伝えです。この際、試してみようと思いました。結果はご覧の通りになりました。どうぞ、みなさまはお試しにならないように、というご忠告です」

会場は異様な雰囲気が一転して、笑い声と喝采の沸きおこる中、わたしはおもむろに後ろを向き、マネージャーが差し出してくれた手に片手を乗せ、ハリウッドの往年の大スター、グロリア・スワンスンの映画、『サンセット大通り』での極めて印象的だったシーンを思い浮かべた。老大女優は、微笑みながら、足元も見ず、階段をゆったりと優雅に降りたのだった。そのイメージを思い浮かべながら、いくら気取っても、台の裏で観客には見えないのに、足元も見ずにっこりと笑ってガタピシいう急ごしらえの階段を降りた。

舞台裏でスタッフが笑いをかみ殺しながら、車椅子を用意してくれていたが、そんなものに乗ったら、一世一代の小細工芝居がフイになる。ミシミシ痛む背骨をしゃんと伸ばして、それでも昭子マネージャーに腕組みをしてもらって、控室へ入った。

「さすがは惠子さんです！　あのみっともなさを、笑いに変えるなんてさすがです。すごくよかった！」

二十年近い付き合いの中で、昭子マネージャーが、褒めてくれた初めてのことだった。

カード詐欺、勝負処はドジと勘

わたしは生活上必要とされる実用的知識に恵まれず、しかも、かなりの鈍であるらしい。

年初めの大雪の日、出がけにも拘わらずお風呂場ですってんころりと滑って、二本もの肋骨を折り、それが癒える間もなく、庭で敷石にスリッパの先が滑り込んで体が吹っ飛び、転倒したときに打った頭や、眉間、血だらけの顔。

そのとき、ある時間失神していたので、近所の整形外科の藤中先生に、

「二カ月くらい後のいつか、脳に血腫が出来るかもしれないので、そのときは大変です」

と言われ、わたしの衰弱しきった脳の余力はいそがしく動き回ったのだった。二つの国で生活しているわたしには数えきれない問題があるものの、現在も住んでいるバカでかい横浜の実家の古家をどうしたものか、もう死んだつもりになって焦ったのだった。庭のない小さなマンションに移ることや、施設というところに入るなども、高齢者の持つ不都合をまだ全然感じていないわたしには問題外なのだ。

母の遺言書や、公証人に依頼して作成した「遺言公正証書」があり、土地や家屋の三分の一はわたしの一人娘に遺贈してあるはずなので、わたしにしてはでかしたことをしたものだと悦に入っていた。

ある日、家に集まってくれた吉田税理士と経理を担当してくれている松原小幸女史が極めておだやかに訊くのだった。

「固定資産税は、惠子さんとお嬢さんが持ち分を払っていらっしゃいますか？」

「ええっ⁉ まさか！ もちろんわたしが払っています」

「ということは、税務署は惠子さん一人の名前で請求しているわけです」

このあたりから、いくら鈍なわたしでもいやーな予感がしてきた。

「じゃ、じゃあ、母の意思で、くも膜下出血で衰弱しきった体にもかかわらず、わたしに手を引かれ、いろんなところに行って、依頼して、もちろんその都度、手数料もお払いしたこれらの証書は何の役にも立たなかったわけですか？」

「結果的にはそういうことになります。これらを提出していなかったのでしょう」
「まさか！　そんなことあるはずがないでしょう」
と言いながら、あるはずであったかもしれない当時の状況をまざまざと思い出した。

母が亡くなったとき、わたしは国連の親善大使として、アフリカはセネガルの奥地、水も電気もガスも、勿論電話などという文明の利器は皆無の原始村にいたのだった。しかも、コレラの予防注射が効きすぎて、高熱を出し、よれよれになってパリの飛行場から病院へ直行して、やっとのこと我が家へたどり着いたとき、電話が鳴ったのだった。前記の松原小幸さんが多少のなじりをこめて宣告した。

「お母さまが、昨夜亡くなりました」

十三年も病んでいる母親をほっておいて何が親善大使よ、と言いたそうな非難が声に潜んでいた。

わたしは返事も出来ず、財布と、クレジットカードだけを持って飛行場へ駆けつけた。

母は遺言書を書き、公正証書を作ったすぐ後、急に具合が悪くなり、入退院の頻度が多くなって、わたしは年に何回もパリ＝東京を往復する介護の生活を繰り返していた。

母が再度のくも膜下出血で倒れたのは、わたしがパリの自宅経由で、セネガルへ発つ前日だったのは後から知ったことだった。初めての出血時の手術は五時間もかかった。その後の長すぎた、辛い闘病生活にも拘らず、母は背骨が横に曲がり、壁を伝わないと家の中も歩くことがままならない不自由な日々の中で、最後まで認知症にもならず、肌着は気丈に自分で洗う日本婦人の鑑（かがみ）のような明治の女だった。けれど、わたしには母と同じように大事な一人きりの娘を放り出して、年に何回も飛行機でパリ＝東京を往復する「介護の十三年間」は辛い日々だった。母はそのことも充分承知でもっと辛い思いをしたのだと思う。

パリへ帰らなければならないわたしを見る母の、心細さに蒼ざめた顔を見るのは、その都度身を切られるように辛かったのに、国連のアフリカへのミッションで横浜の玄関を発つわたしに母は初めて、さびしさを泛べない晴れ晴れとした顔で言ったのだった。

「恵子ちゃん、行っていらっしゃい！　あなた、とてもいいことをしているのよ。あたし、誇りに思っているのよ」

朝日のような輝きのある母の笑顔が、わたしが見た最後の母であり、最期の言葉だった。

棺の中に白装束を着せられて、べったりと朱肉のように真っ赤な口紅を差された母の顔を見たときは、憤りと悔しさと、申し訳なさが込み上げてわたしは号泣した。

「薄化粧しかしない人だったのに、誰がこんなみっともない口紅をつけたの。お遍路さんでもないのに、なぜ白装束なんか着ているの。あんなに着物に凝る人だったのに……」

一人娘のわたしが不在だったため、身を粉にして葬儀の準備やら何もかもやってくれた二人の従妹に、八つ当たりをしたわたしは、こころから疲れはて、引かない熱をもてあましてもいた。そんなわたしを見て、

「告別式を終えたら、一度パリへ帰って体を休めたほうがいい」

と知人が、大学の先輩で、優れた弁護士という人を紹介してくれたのだった。思考力など消滅していたわたしは、そのときになぜ遺言公正証書を書いてくれた鮫島公証人や、右田弁護士に電話をすることを思いつ

かなかったのか。それでも、大事な書類は紹介された弁護士か、従妹のどちらかに渡した記憶がうっすらとある。その記憶が間違いだとしたら、わたしは手に負えないほど間抜けた女ということになる。

あのときのわたしの疲れ方は異常だった。母の死を知って、パリの飛行場へ駆けつけ、一番近い東京行きがＡＮＡだったので、パリ＝東京往復切符を買ったのに、そのことすら忘れて、帰りの切符をＪＡＬで買い直すというバカなことをした。だいぶん経ってからＡＮＡの支店長に、

「機内でなにか不愉快なことでもあったのでしょうか」

と問われるまで気が付かなかった。

そのストレスや母の死から十九年も経った今年の始め、「公正証書」も何もかも、不自由な体をわたしに支えられ、父から相続した自分の持ち分を孫に与えるために尽くしてくれた母の真心が、無駄に終わったこ

とを知り、愕然とした。

事実を知った以上、生きているうちにこの大好きな古家を処分しなければ、片言のおぼつかない日本語で途方に暮れる娘を思うと我慢できず、居合わせた『愛のかたち』を出版してくれた文藝春秋の編集部の人にぐだらぐだらと訴えた。

「宮大工さんが作った釘も使ってない、今じゃ作れないかもしれないこの家や、両親が丹精込めて作った庭の木々を乱暴に引き抜いて何軒ものチャチな家を建てられるのはイヤなの。このまま使ってくれる人じゃなければイヤなの。それに……あたしまだ生きているんだし……」

ぐじゃぐじゃ言うわたしに呆れたのか、同情してくれたのか、

「身内に相続問題が起こったときに助けてくれた、素晴らしいと思う司法書士の方を紹介しますよ。一度会ってみて、相性を探ったらいい」

と提案してくれて、お互い忙しい身、その日を決めて、外出の支度をしているときに電話。

「あ、もう支度出来てる」

そそっかしいわたしは相手も確かめずに言った。

「岸恵子さんですね」

聞きなれない女性の声。

「どちらさま？」声のトーンを落とした。

「最近、クレジットカードを失くされました？」

「え？　なぜそんなこと訊くのですか」

「今、店に岸恵子さんのクレジットカードで買い物をしようとしている女性がいるのです」

「どこのお店ですか」

「横浜髙島屋の時計売り場です」

ドジは自他共に認める欠点ではあるけれど、こうした胡散臭さには、天下一品の勘の持ち主でもあるわたしは、女性の声が気鬱になりそうなダミ声だったので、すぐに怪しいと思った。由緒ある髙島屋がこんな声の店員を雇うわけはないと思いつつも、言ってみた。

「岸恵子なんて、ざらにある名前ですよ。同姓同名の人でしょう」

「いいえ、身分証明を出さないから、カード会社に問い合わせたら、カードは本物で、住所と電話番号を教えてもらったんです。それでお電話しているわけです」

「どこのカードですか」

「ＪＣＢです」

「そんなカード持っていません。何を買おうとしているんですか」

「三十万円の時計です」

たったの三十万？　詐欺にしたら岸恵子も安く踏まれたものだ！　とちょっとむくれます。

「わたしに成りすましているその人、いくつくらいですか」

「四十から五十くらいです。岸恵子さんから頼まれて買いに来たと言っています」

ふーん、と思って問いかけた。

「時計売り場にしては、お店の物音がぜんぜん聞こえませんね」

ここでダミ声女子、ほんのちょっとの間を取った。

「あ、今、別室に来ています。わたくし責任者なので」

責任者？　だから、店頭で接客をする必要のない中年なのかとわたしは納得して、説明者に偏(かたよ)りかける。

「で、その人の名前は？」

「それが言わないんです。身分証明もないし、持ち物を調べることは、私は一店員でしかないので出来ません」

「警察を呼ぶ以外ないですね」とわたし。

「呼びました。警官が来るのを待っているところです」

詐欺にしたら上手くできているなとも思った。ダミ声女性の電話を切った後、頃合いよく電話が鳴った。

「戸部警察の木村と申します」

いかにも若い警官らしいてきぱきとした声。

「岸さんはほんとうにカードを失くしたことないんですか」

ここで、わたしの天才的な勘はかなりの修正を加えられ、ドジの本性が顔を出した。

「失くしたことはあるかもしれない。でもＪＣＢとかいうカードは持っていません。だいたい、失くし物得意ですから、カードは一枚しか持っていません」

「それはどこのカードですか」

「ＪＡＬのカードです」

（余計なことを言ったもんだ！）とすぐ反省。この辺でわたしの詐欺か否かの勘は五分五分だった。

「カードを落としたことがあるとすれば、そのＪＡＬカードでほかのカードも作れます」

と威勢のいい声。あれーッ、これ本物かもしれない。わたしは声コンプレックスがあるため、はきはきとした確信に満ちた声を聞いて、ドジと天才的勘がせめぎ合うのだった。

「私を騙った、度胸のあるその本人の名前は何ですか」

「森山さんです。あ、失礼、森山さんは髙島屋の方の名前です。本人名前を言わないんですよ」

この一言で勘の出番。

「可笑しいわね、警察ともあろうものが詐欺犯人と分かっているのに、名前も聞き出せないんですか」

「これから調べてすぐにご連絡します。ハンドバッグのなかに本人の身分証明は無いのに、岸さんのカードのほかに四、五枚の名前の違うカードが入っていますから詐欺師は確実です」

確実な詐欺師はそちらサマなんじゃない、とも思ったし、ほんとなんじゃないかとも迷った。時刻は十五時少し前。『オール讀物』の大沼編集長との約束の時間になってしまった。

「連絡は明日にしてください。出かける時間だし、その後会食で帰りは遅くなります」

「こちらも明日なら好都合です。詳しく調べて連絡します」

よどみも曇りもない応答だった。詐欺と、本当かもしれない、が私の中で二対八の比率で蠢いた。（わたしを騙すとしたら盤石の知能がいるんだぜ！）と心の中で毒づいたものの、本当かもしれない、が一割方あがって、九割になった。

時間通りに来てくれた大沼編集長が、

「うーん、知人の母親も先日やられたんですよ。カードで六万円の洋服を買おうとして、身分証明を要求したら逃げたそうです。一般人が六万円で、岸さんが三十万じゃ、落差としては少ないですね」

と笑うのを聞いて、また本当かもしれないが突如一割になり、詐欺に違いないが九割になった。

高島屋の向こう隣にあるビルで、紹介された司法書士は信頼のできる素晴らしい人柄だった。使用されなかった遺言公正証書は今でも通用するらしい。ただし、十九年も経ってしまったので、調査のための人件費や、累積しているかもしれない税金を考えると……ということで、わたしはあっさりとあきらめかけた。

わたしは目先の詐欺か否かに心奪われ、自分の死後、娘が莫大な税金に戸惑う姿が消し飛んでしまっていた。後日、この浅慮は友人から指摘され、改めてなすべき調査をすることを自分に誓った。

その日、司法書士事務所を出たわたしたち二人は、そのまま、屋内通路でつながっている横浜高島屋の時計売り場に向かった。わたしはちょっとした興奮で、ドキドキした。九割の勘が勝つか一割のドジか……。

「どっちにしても、絶好のエッセイ・ネタですね」

と大沼さんが茶化した。広大なそのコーナーは若くきれいな店員さんがあちこちで接客をしていた。その一人に、

「森山さんとおっしゃる方にお会いしたい……」

と、事情を話すと、終わりまで聞かずに、

「少々お待ちください」

と奥へ消えた。手慣れた感じに、あれっ！　と思った。

現れた責任者は美しい声の三十代の美人。

「森山という者はおりません。わたしが責任者です。店員から聞きましたが、すべて嘘です。この時計売り場だけで今朝からもう四件もありました。でもご本人にわざわざお出でいただいて、お眼にかかれてうれしいです」

「ええっ‼　やっぱり嘘っ？　今朝から四件もあったんですか！」

拍子抜けも甚だしく、恥ずかしくもあり、面子上、一応疑問調で問い質してみた。

「ちなみにこちら、管轄の警察は戸部警察？」

「戸部警察です。当たっています。彼らは緻密に調べているのです。今やオレオレ詐欺の上をいっています。今はターゲットが迷惑なことに髙島屋なんです。かなりしっかりした方でも引っかかるほど嘘話を抜け目なく作っています。対応に迷惑しています」

美人女性は私の隣で、面白そうに聞いている大沼さんに視線を移した。

「あ、こちら、文藝春秋『オール讀物』の大沼編集長です」

二人は間髪を容れず、といった具合に名刺交換をした。

「髙島屋さんもご迷惑ですね。でも、ことの次第は近々岸さんが、『オール讀物』にエッセイを書きますから、その号をお送りします」

えーっ！　そういうことになるのかよ、今、わたし、ほかのエッセイ集を書いている最中なんだけどな……。

「明日、絶対に戸部警察からは連絡など行きませんから」

ダメ押しの笑顔で送り出されたわたしたち二人は、また屋内通路を戻って、横浜ベイシェラトンへ食事に行った。無茶苦茶にお腹が空いた。

「ちょっと、惜しかったのは、最後までとぼけて、ＪＡＬカードを取りに来させて捕まえればよかった！」とわたし。

「とぼけてって、かなり真に受けてましたよ」と彼。

わたしの欠点、浅慮とせっかちが、相乗効果を作っちゃったし、大沼さんとの待ち合わせ時間に拘(こだわ)りすぎた。時間がなかった、と自己弁解。

「詐欺の手口はますます巧妙になりますね。エッセイで警鐘を鳴らしましょうよ。何十億という金がこざかしい悪知恵仲間に巻き上げられていくのは我慢できない。犠牲者のほとんどが高齢者ですよ」

最後の言葉にわたくしちょっと引っかかる。まず、個人情報を多量に盗んで横流しするみみっちい悪を平然と出来る日本人が情けない。高潔な武士魂なんてかけらもないモラルが、いつの間にかこの国を席巻している。どうなっちゃったのわたしの日本！

そこで、思い出したある日の電話！

「これから、ご注文の品をお届けします。二万九千円をご用意ください」

わたしはサプリメントなど二、三のものを代引きでよく注文する。お手伝いさんが気を利かせてくれたんだと思ったが、高圧的な声に引っかかった。

「届けてくださるものは何？　どこの会社？」

「食料品会社でーす」声が途端に愛嬌をまとった。

「間違いですね。食料品は注文しないのよ」

「えーっ、注文は確かに受けましたよ。忘れちゃったんですか」

「忘れません」

「あれっ、じゃあ、ボケちゃったんですか……」

声が途端に下卑てきた。そうか、闇で売り買いされるリストには、生年月日もあるに違いない。わたしはゲラゲラと相手の上手をゆくほど下品に笑った。電話に顔が映らないのを嘆いた。

「ボケた？　そうかもしれないわねえ、年だもの。どんなボケかたをしたか見に来る？　こっちも人数集めて楽しみに待ってるわ」

がっちゃーんと鼓膜が破れそうな音を立てて、犯人サマは電話を切った。ここでもわたしは持って生まれた遊び心が災いして、犯人逮捕を逃してしまった。

嗚呼！

これを読んでくださった読者さま。よほどのご注意を！

敵は、悪さの修業を積み、あっさりとした態度で、考え抜いた智謀を、数人の連携プレイで執拗に丹念に攻めてきます。

わたしは自分の音痴に反して、他人の声にかくれた嘘という名の痴をかぎとる技は持っています。ま、あまり自慢できないことに、戸部警察の木村と名乗った声にはちょっと確信が揺れたことは事実ではありますが……。

顔に流れる川

十年ひと昔、という言い習わしによれば、そのひと昔が三つも入ってしまう時期に、わたしは草創期だったNHK衛星放送の新番組『パリのウイークエンド』の初代キャスターを務めた。

試験的放送だったので、日本に流れたのは、土曜から日曜にかけての朝二時か三時だったし、特別にパラボラアンテナを立てなければ受信できない番組だったので、惜しいことに観てくれた人は非常に少ない。

わたしの持ち時間は一時間で、はじめにその週に起こったフランスやヨーロッパのニュースをわたし流に解釈して伝え、番組の眼玉は、各界の大物への、インタヴューだった。生放送だったので、スーパーを入れることが出来ず、聞きながら頭の中で短く編集をして、わたしがその場で、日本語に訳した。神経が磨(す)り減るような仕事だったけれど、わたしは我が生涯で、もっとも気に入った時間をもらったと感謝している。

はじめてのお客様は、パリを撮って五十年といわれた名写真家、ロベルト・ドワノーさんだった。生き生きとした顔や姿を写し取る名匠に、わたしは理想とする被写体を語ってもらった。

「どんな風景でもそこに水が流れていないとさびしい。陽の光も風の匂いも雲の翳(かげ)りも映りません」

「でも風景より人物を撮られることが多いでしょう」

とわたしが訊いた。

「ある風景をたたえて、溢れるような水が流れている顔に出会うと感動して、夢中でシャターをきります」

と、当時七十五歳だった大家は、うれしそうに笑った。いい顔だった。

「水の流れている顔？」

「眼ですよ」という答えが返ってきた。

「眼は顔の中の川です。湖のように静かな眼や、世の中を映して怒濤のような怒りをたたえた眼は、時にはほんものの川よりドラマチックです」

ドワノーさんの作品の中で、万人に愛され、ポスターが高値を呼ぶ『パリ市庁舎前のキス』は、第二次世界大戦が終結し、パリがナチス・ドイツから解放された日、パリ市庁舎前で思わず抱き合ってキスをしている若い男女の瞬間をとらえたもので、解放された歓喜が躍っている。

　それなのに、老大家の最晩年に、ポスターに偶然とらえられた二人の親族か誰かが、肖像権問題でドワノー氏に訴訟を起こすとか、起こさないとかの騒ぎがあり、なんとヤボなことよ、とわたしは嘆いた記憶がある。写真家は乙女の瞳に流れる川の、溢れんばかりの喜びに魅せられてシャターを切ったのだろうに。

　話が飛んでしまうことを恐縮には思うけれど、それにしてもフランス人は、臆せず自分たちの権利を主張し、要求をマニフェストすることに長けている。二〇一八年のクリスマス直前のフランスは、一カ月ほど前から革命前夜を思わせるほどの大混乱だった。「ジレ・ジョーヌ（黄色いベスト）」を纏（まと）った群衆が、犬にまで同じベストを着せて、反マクロン大統領のデモが全国に広がって収拾がつかない。メトロは止まり、公共の建物や、美術館はピタリと扉を閉じ、シャンゼリゼ通りは土曜日ごとに、店のウインドウが割られ、機動隊の放つ催涙弾で見通しも利かず、わたしは、目論んでいたパリの私的ルポルタージュの撮影を断念せざるを得なかった。動きがとれないのだ。

十七歳になったばかりの孫の学校に警察が入り、七人の学生が拘束され、学校は封鎖されてしまった。校舎いっぱいに反マクロンの落書きをした罪とはいえ、二十四時間の拘束はひどいと、教師たちまでストを起こし、結局学校はクリスマス休暇まで封鎖されたままだった。

戦後七十年以上も経てば、世の中は変わる。戦争は関係ないかもしれない。世の中は移り変わってゆくものだ。どんな国だって姿が変わる。あらゆる生きものが群棲するこの、広くて狭い地球の上のこと、生活文化も、社会規範も通念も、人間がつくる風景のなかの川も、流れを変えてゆくのが自然なのだろう。そこでわたしとしては、黄色いベスト運動

の起きた所以(ゆえん)を、大人にも子供にも聞き、かなりの取材をした。それを書きたい。でもまあ、

「時事問題なんか絡まない、あなたの今現在、晩年の生活を……」と言われたことを思い出した。

せっかく、ドワノーさんの顔に流れる川について語り始めたのだから、顔に拘りたいと思う。

わたしたちの顔はどうだろう。生きる時代によって、美醜の感覚が移り変わるとわたしは思う。もっと踏み入って、顔の造作について考えてみたい。今、美容整形が進歩して、その気になれば、形まで変えてしまえる時代になった。

つくられた顔に川は流れるだろうか……。

造作に手を加えるなど、女優である身にとっては、八百長(やおちょう)以外の何も

のでもないと思う。しわを伸ばすぐらいはかわいいと思うけれど、役柄を生み出す外的な要素として、主だったものである顔の作りを変えるなど、ケシカランと思う。

誰だって、若さを保ちたいと思う。正確に言えば若さが持っていた、顔や姿全体のすっきりとしたシルエットを惜しみ、それらの再現を試みたいと思うのだろう。それは虚しいことなのだ。外見は衰えても、暮らし方によって、年を重ねるごとに川の流れは滔々と豊かになっていくものだろう。

とはいえ、わたしが七十九歳になったとき、わたしより数年若い、親しい女友達が、

「フランスでは、あまり聞かないけれど、日本やアジアではしわ取り手術が流行っているそうね。この間、大好きな舞台女優に会ったら、なん

となく若返ったみたいだから訊いてみたら、美容整形をしたんですって！　でもしわは元通りあるし、ただ、老けて見えないの。とても元気で張りがあるのよ」

「老けて見えるのはしわではないのよ。気の張り方と、形で言えば頬の線なのよ。若いときにははっきりと削げて美しかった頬の線が年とともに弛(たる)んでくる、それにつれて気分まで弛(ゆる)んでくるのかもしれない」

と、答えたわたしに、友人はお茶目な眼をした。

「ちょっと行ってみない？　有名な先生らしいわよ」

わたしは持ち前の好奇心を衝(つ)かれた感じになった。

「うーん、覗くだけじゃ悪いんじゃない？」

「行ってみましょうよ。わたし興味おおありだわ。あんなに元気そうになるならやってみたいわ」

という面白い誘いに乗せられて、簡単で危険のないものだったら、頬の線を引っ張ってもいいな、と正直思ったほどだった。

興味津々と訪れた待合室には五、六人の美人が待っていた。

「みんな美人じゃないの！　何をしたいのかしら……」

と、不思議に思った。

「きれいな人ほど、老ける自分に我慢ができないそうよ。一度やったら、癖になって何回もやるそうよ」

「そんな！　老けない顔なんて気持ち悪いよ。自然を受け入れる力は、自分が作っていくものだわ」

と私は言ったし、心からそう思った。さんざん待たされて、有名だというその医師に呼ばれて、二人一緒に診察室にしては何もない、ただし豪華な部屋に通された。まずわたしが年齢を訊かれ、「七十九歳です」

と言ったら、驚いて、わたしの顔を見つめ、両手で挟んでまるで物でも動かすように、ためつすがめつ眺めやり、のたまわった。

「何をどうしたいんですか。年齢より三十歳近く若く見えますよ」

わたしは名医の冷ややかで、顔をいじりまわす有能そうな手に、さわられただけで気分が悪くなった。嫌だ！ と思った。でも折角来たのだから、引っ張り手術の手順や、方法を訊きたいと思った。

「まず何からどう始めるのでしょうか？」

「まず、麻酔に対応できるかどうかのテストをします」

「麻酔？」

「当然でしょう、メスを使うんですよ」

「部分麻酔ですか？」

「全身麻酔です」

「そのテスト、先生ご自身がなさるのですか」

「いや、とんでもない。麻酔専門の医師が担当します」

それこそとんでもない。頬の線がすっきりしても、全身麻酔であの世へ行ってしまったら、元も子もない！

ここで完全に、たるんだ頬の線を受け入れることにした。

とは言え、つぶした時間をつぐなおうと思った。リポーターの本性が顔を出した。

「もし、その施術をやっていただくとして、代金はいかほどになるのでしょうか」

「あなたは、やる気がないし、やる必要もない。なぜそんなことを訊きたいんですか」

と医師はゆったりと笑った。あ、ユーモアも観察眼もある人なんだ、とちょっと照れて、照れついでにわたしも笑った。お詫びのつもりだった。

「いいですよ。教えましょう。七五〇〇ユーロです。麻酔のテストも入れてです」

高いのか安いのか見当もつかなかった。それにしてもちょっとバツが悪かった。

「そんな必要はあなたにはない」

「お忙しいのに申し訳ありません。ご高名に、ちょっと興味があったから……」

「ジャーナリストですか？」

と医師は鋭い笑みを浮かべながら言って、わたしたちをドアまで送り出し、

「必要のある人が待合室に待っていますから」

と最後に嫌味っぽくはないけれど、きつい皮肉を言った。

結局、わたしも女友達も、ただの覗き見的野次馬根性そのものだった。

七五〇〇ユーロといえば、当時、円換算して一〇〇万円弱ぐらいだろうか。それが頬を引っ張るだけのものなのか、もっと混み入ったことをするのかを聞き忘れて、ふーんと不得要領の顔を見合って、お茶を飲みに洒落た喫茶店に入った。

「ちょっと気が咎めるわね。あの先生いい人みたいだったから」と二人で反省し合った。

もちろん、美容整形が今や、男性たちのなかにまで浸透して、それなりの成果をあげている。それはそれで、優れた現代の医術として役に立っている。

わたしは忘れていたパリでの親友の一人娘のことを思い出した。その子は美しい子だったのに、引きこもりで、勉強も出来ず、友達もいなかった。彼女一家は、財産も地位もある純粋なユダヤ人だった。親友の両親もその夫の両親も、ナチス・ドイツの毒牙に掛かって、アウシュビッツのガス室で虐殺されている。

それらの理不尽な歴史が、少女の心の中に癒しえぬ暗い翳りを落としているのだろうか、いつ会ってもひっそりとさびしそうな様子に胸が痛んだ。その子が十八歳になったとき、両親が、

「欲しいものはどんなものでも買ってあげる」

と提案した。暫く沈黙した後で彼女がきっぱりと言った。

「鼻を直したい、普通の人の鼻にしたい」

その話を聞いてわたしは悲鳴を上げた。

「もともときれいだけれど、中でもいちばん魅力的なあの鼻を直すなんて！」

それはユダヤ人独特の、プロフィールから見ると、鼻梁が上のほうでちょっと折れるように曲がった、わたしの好みから言えば、そのバランスが絶妙な色っぽさを醸し出している特徴なのだった。彼女の母、つまりわたしの心の友ともいえる女性がわたしをじっと見つめた。

「ケイコには分からないわ。ユダヤ人になったことのないあなたには……」わたしは黙った。

鼻を「普通」にした彼女の顔は、きれいではあるけれど、どこにでもいる普通の美人になってしまって、つまらなかった。けれど、わたしが驚嘆したのは、鼻を「普通」にした彼女が豹変(ひょうへん)したことだった。明るくなり、社交的になり、勉強に興味が湧き、クラスで一、二を争う成績を取り、ボーイフレンドに囲まれる存在になった。今では素敵な夫と、子沢山に恵まれたしあわせな女盛りを生きている。

彼女は流れない川にいのちを与えたのだった。医学も科学も利用する人のこころの問題だろうと思う。川の流れは、いつも緩やかで、きれいとは限らない。濁流が荒れ狂うときもあるに違いない。その時々の流れにこころを注がなければ、ただ、じっと動かない澱(よど)んだだけの水溜まりになってしまうことだろう。

装い

水をたたえた顔の次に思うのは、その人物の外見のあらかたを作る衣服の選び方や、着方だろうと思う。わたし個人は洋服よりも、日本の着物のほうが好きだし、着物が似合うと思い込んでいる。けれど、着物を着たときの自分が怖い。

着物には魔物が住んでいる。

着物を着るときのわたしは、姿見の前で、長襦袢(ながじゅばん)に手をとおし、裾(すそ)をかかとで軽く踏み、締めた腰紐(こしひも)をほんの少し絞る。すると、かかとで踏んだ着物はちょうどよい丈に摺り上がる。更にもう少し力を入れると、腰骨に食い込んで痛みを感じる。この痛みで、背筋がすっと伸びる。

これが和服を着るときに必ずおこなうわたし流の儀式なのだ。このかすかな痛みを感じることで、わたしは洋服を着ているときの自由な自然体から、なにかに束縛される日本の女になる。

その束縛は悪い意味ではなく、洋服を着ているときの自由奔放な気分がしりぞき、昔の日本女性にあった控え目な気分、しとやかさと言ってもいいような静かさが満ちてくるのだ。謙譲のこころや、時には耐えしのぶ心象さえ無理なく受け入れられそうな気分になる。そうした気分、受け身の、あるいは受難者のマゾヒスティックな快感のようなものまで宿ってくることさえある。

これがわたしの言う着物の魔性なのだ。わたしはその魔性に取り憑かれやすい。

身分制度の厳しかったかつての日本で、商人や農民は、差別はされたけれど、日常生活は貧しくても武家社会の人たちよりずっと、自由で笑いがあったように思う。

武家社会の住人は、かみしもや帯刀、胸高の帯などで、男も女も体はずいぶんと痛めつけられていたと思う。それが、忠誠や滅私奉公をいとわない気分に繋(つな)がった……これは言いすぎかもしれない。けれど、髪をつややかに結い、しゃきっとした着付けの武家社会の女が畳に正座している姿はうつくしい。縛られたものの醸し出す、密度の濃いエロティシズムのようなものを感じるわたしは、ウーマンリブの闘士たちの槍玉(やりだま)にあがることだろう。

西洋でも、女は体を無理にコルセットで絞めつけていた。

フランスで、女がスカートではなく、パンタロンを穿けるようになったのは二十世紀に入ってからだった。フランス女性をコルセットから解放したのは、かの有名なココ・シャネルだった。

ここで、装いにまつわる大昔のあるエピソードをお披露目したい。

それは、わたしがしあわせな結婚生活のさなかにいるときのことだった。

夫の作った『自由一番街』というセネガルの独立問題をテーマにした映画が、カンヌ映画祭の出品作として選出され、上映の当日、映画の主役を演じたセネガルの大学生が、お国自慢の民族衣装を着ると聞いて、演出家の妻であるわたしも、総身に松の縫い取りのある、絢爛といえるほど豪華な振袖を着た。せっかちなわたしが髪を高だかと結い上げてもらい、身繕いに時間をかけ、これぞ日本の女、といった出で立ちを、ホテルの部屋の大鏡の前に立って悦に入って眺めていた。そのとき、スモーキングに着かえるため、脱兎（だっと）のごとく駈け込んできた夫が、ドアの入り口で凝然と立ちすくんでしまったのだった。

「ケル、メタモルフォーズ！（なんたる変身だ！）」

わたしの記憶によれば、夫がわたしの和服で正装した姿を見るのはこのときが初めてなのだった。

「うつくしいよ。たしかに。だけれど……」

「だけれど……？　お人形みたい？」

「ノン。千回ノンだ」

夫は宇宙人でも見るように、わたしを見つめた。

「人形なんていうイノセントなものじゃない。もっと底意のある尊大なしろものだな。怖いよ、そういうケイコは。何を考えているか想像もできない鎖国時代のサムライみたいだ。君のざっくばらんな明るさが、どこにもない」

上映時間が迫っていたため、そのまま、映画祭会場の赤いカーペットの上を、夫は、両脇に日本と、セネガルの伝統の民族衣装に飾り立てられた、二人の女性を従えて、カメラマンたちのフラッシュを浴びることとなった。

「ぼくはバオバブ(神木とされるアフリカの大木。人々はその祠に呪文をとなえ、神託が告げられると信じている)を切り倒し、原始的な因習を打ち破って近代化していくアフリカの映画を作ったのに、そのプレミアの夜、鎖国ニッポンと、ブーブーを纏ったバオバブを引き連れて歩くとは、映画祭ってものは、人たちに可笑しな真似をさせるものだ」

と言って夫は面白がっていた。当時、セネガルにはまだ映画産業はなく、俳優という職業もなかった。民族衣装を着た主演女性は、当時セネガルの大統領であった詩人、レオポール・サンゴールの姪に当たる大学生で、美しいだけではなく、頭脳明晰、弾けるように明るい人で、ふだんは進歩的な若いインテリらしくジーパンにTシャツの軽装でギラギラと照り付けるアフリカを闊歩しているのに、その夜は、うずたかいターバンを巻き、伝統衣装のブーブーを着て、振袖のわたしと並んで歩いたのだった。東洋人のわたしと、アフリカの黒人の美女が、お互いの国の盛装をして、スモーキング姿の夫を囲んだ光景はひどく人眼を引いたものだった。

ことほど左様に、装いとは、だまし絵のようにそのひとの人柄を外見だけでも変えてしまえる不思議なマジックを持っている。

二年ほど前『家庭画報』のグラビアのため、和服を着たのは何十年ぶりだった。画報には和服の専門家がいて、その日、グラビア撮影のためいくつかの美しい着物をお持ちいただいた。どの着物も素晴らしかったがわたしには似合わないと思った。気遣いを無視するようで気が引けたが、似合わないものを着るのは嫌だった。思い切って、久しぶりに和服の簞笥を開いて、気に入っている、翡翠色の繻子の着物を出した。『約束』という映画がベルリン国際映画祭に出品されるときに、舞台挨拶のために作ったもので、そのときから一度も着ていなかった。幾歳月の間かえりみられなかった着物は、裏地の白絹が黄ばんでしまっていた。

「わっ、素敵」

画報のスタッフも、和服の専門家も声を上げてくれた。

「もったいない。こんなにいい着物をお持ちなのに、なぜもっと着ないんですか」

　わたしはかなりの衣裳道楽で、一枚の着物を作るために、今は亡き門上さんという名匠のいた大阪は道頓堀まで行き、時間を割き、着物に合わせてその都度長襦袢も作った。それらのうちの三組をこの画報で紹介した。門上さんへのせめてものオマージュという心づもりだった。

『巴里の空はあかね雲』と題したはじめてのエッセイ集が、エッセイ賞をいただいたときは、とてもうれしくて、袷から単衣に移る合間の、一年に十五日しか着る時期のない紗を重ねた黒無双を作り、裾に銀箔の雲を描き、あかね色の絽の襦袢と同じくあかね色で濃淡をつけた細襟を重ねた。

　これは映画『細雪』がヴェネチア国際映画祭に出品されたときに披露したもので、これもそれ以来着ていない。この日は『家庭画報』創刊六十周年記念号の春先だったため、初夏のとば口に着る無双はやめて、翡翠色の着物の次には、和服好きの親しかった友人の形見にいただいた、胸に花を散らしたうすずみ色の着物を着た。わたしは襟元に模様をあしらったものより、無地のもののほうが好きだったが、これも大好きだった亡き友人へのオマージュのつもりだった。

このように凝りに凝って作った着物をわたしはあまり着ていない。それはわたしがパリという町に住んでいたことと、カンヌ映画祭での体験も無関係ではない。

着物には着物に似合う背景がある。京都のお寺や、白い漆喰の壁を背に立ったときの着物はしっくりとなじんで風情が広がる。

でも、石畳の道や、石作りの建物のなかでの和服姿の違和感は避けたかった。仮装行列に参加するような見世物的な気分になってしまうし、パリという独特な美しさと、知と毒の入り混じった雰囲気のなかで、着物の魔性に溺れてはいられなかった。ひっきょう、わたしの着物は、映画祭や、特別なイベントのときに限られてしまった。

けれど、日本からの旅行者が着物で買い物などをしているといいなあ、と心がなごむ。でも、わたしは旅行者ではなく、パリの住民なので、ラフな洋服のほうが、目立つことなく気楽で動きやすかった。

「馬子にも衣装」と、昔から言われているが、なかなか含蓄のある意味深い言葉だとわたしは思っている。衣裳だけではなく、すべての装い、身繕いという行為は大事だと思う。

それにはもちろん着るものだけではなく、こころの佇まいも含む。寝乱れた姿で、髪はぼさぼさ、顔も洗わないで締め切りの迫った原稿を書く、なんてことがわたしにもあるし誰にもあることだと思う。

そんなとき、こころは書きたいものに取り憑かれているか、それがつかめずただ虚ろの状態かもしれない……。そんなことが何日も続いたら大変。わたしには、その大変な状態がこのところかなり長く続いている。理由は多々あるけれど、そんなとき、ほんの一時的でもいい、その状況から脱出するために、わたしはえいっとばかりにすべてをほっぽり出し、熱くてなかなか全身を沈めることが出来ないようなお風呂に入り、シャワーを出しっ放しで髪を洗う。

火照った体をすこし冷ましてから、二十分ほど、自己流のストレッチや体操をして、おもむろに衣裳ロッカーを開け、気に入った服を着る。家にいて誰も来ないことは分かっているのに、思いっきりのよそ行きを着る。こうしてわたしなりの「馬子にも衣装」の儀式が終わる。なんだ、単純な人と笑われそうだが、何もしないよりはいい。

いずれにしても衣服に関しては、人それぞれの好みやセンスがあり、素敵なセンスを持って生まれた人もいれば、周囲に刺激されてあとから身につける人も、磨いていく人もいる。わたし個人の感じかたを披露すると、洋服のセンスのいい人は、和服のセンスもいいはず。

でも、逆は真ならず、だと思う。たとえば、先刻のうすずみ色の着物をくださった、わたしの長年の大事な友人の着物姿は溜め息が出るほどすばらしかった。お金持ちなのでわたしなどは手の届かない、高価で品のよい着物を着て歩く姿は、凛としていつも見惚(みと)れたものだった。ところが、彼女の洋服姿は別人。とびっきりのブランドものを着ているのに、和服を纏っているときの見惚れるようなオーラがない。風が吹き渡るようなしなやかさがない。

本人は気付いていないにちがいない。それでいいのだと思う。

おめでたいことに、わたしはいっぱしの装い上手だと思い込んでいる。化粧にはあまり関心がなく、家にいるときも、散歩のときもほとんどすっぴんだが、着るものに関しては、わたし流を貫く。パリに住む娘が時折、歓声を上げて言ってくれる。

「ママン！　カッコいい。その服、とてもすてき、似合っている！」

「じゃ、あげるわ。着てちょうだい」

なんて言おうものなら大変。

「勘違いしないで。ママンに似合うと言ったのよ。わたしは絶対着ない。絶対に似合わない！」

ここでいつもわたしは親バカの総大将よろしく、しょげかえってしまう。彼女には彼女独特のセンスがあるのはよくわかっている。わたしから見ればヘンテコ極まりない着こなしではあるけれど、トータルとしてひどくカッコいい。今、という時代がたぎっている装いなのだ。たとえばそれをわたしが着たとしたら、眼もあてられない有様になることは確か。

三十年という年齢差に時代のうつろいが如実に現れているのだ。これを読んで、わたしが着物自慢をして、着るものへの感性を謳いあげていると誤解されそうなので慌てて蛇足をしたい。カタチを語っているように思われがちかもしれないけれど、わたしは個性や、心意気、それを如実に語るその人の装いを伝えたかったのだ。

人それぞれ、嗜みもそれぞれ。自分らしい服装を、自分らしく着る。そして自分らしい生き方を生きる。それはしあわせへのささやかな道しるべの一つであるかもしれないと思っている。

言葉

言葉というものは不思議な生きもので、時代によって大きく変化する。使う人によっては正しくていねいな言い回しをしているのに、なんとなく下品な卑しさを感じることもある。

逆にかなり乱暴な言葉を連ねているし、態度もあけすけなのに、そこにリズムやユーモアがあると聞く人に清々しい快さを与えたりもする。

こんなことをいうのは、私が女優であり、たまにはものを書く人間であるからかもしれない。人は自分の生まれ育った時代を纏った言葉を使うのが聞いていても心地よいものだと思う。今、若い人たちの言葉は、わたしたちが若い時に使っていた言葉とは、おおいにちがっていて、それはそれで、時代のはずみや、おどけや、かいつまみ方が面白い。

流行りに染まって、「そうかもしれない」を「そうかもしンない」とか、「それくンない？」「わァ、高っ！」「旨っ！」「広っ！」などという人が、見るからに高齢者であれば、ひどくこそばゆい気持ちになる。

わたしがこの頃気になるのは、今、日常的に氾濫している廻りくどい丁寧語である。ふつうの人、つまり一般人が、街頭インタビューなどをされたとき、

「首相がおっしゃっていらっしゃいました」

と応えるのは可笑しいとわたしは思う。国をつかさどる人たち、つまり政治家や、不特定多数の人たちに敬語あるいは丁寧語を使うのはまど

ろっこしいし、ちょっとヘンだと思う。

その政治家の一人があるとき、

「この件は、我が党で御議論いただき、その結果を他党さんに御検討いただく所存でございます」

と言ってもいた。

我が党なら、なぜ御をつけるのか、他党にさん付けをするのは、日本古来のマナーであるのか、わたしが海外に住み過ぎたせいもあるかも知れない。でもこれは笑っちゃうでしょう？

「その人、ひき逃げした後、あわてて向こうへ逃げていらっしゃいました」

「その絵を、わたくしはまだ存じ上げていないのですが……」

二番目のフレーズは、わたしがよく見るテレビの絵画の番組の中で、解説者の言った言葉だった。その絵画は、個人所有で一般の人も、その人も見ることは出来ないという説明なのだった。わたしにも思わぬ言い間違いは恥ずかしいほどたくさんある。この場合、その絵を見たことはないその専門家は、「まだ見たことがない」というべきを、うっかり、存じ上げない、と言ってしまったのだと思う。だって、彼はその絵が存在することを、「存じ上げていたのだから」。

他人(ひと)の揚げ足取りをするわたしのこの繰り言は、長く海外に住み、おぼつかない外国語で身過ぎ世過ぎをしなければならなかった歳月への恨み節かもしれない。

わたしの一張羅の日本語だけは、正しく、美しくあやつりたいな、という願望である。この身の程知らずの願望は、外国語となると、あっけなく尻すぼみに消えてしまう。

母国に住んだ時間より、多くを暮らした国の言葉、フランス語の自由奔放なる使い手になりたいというのは、わたしの悲願だったし、それなりの努力もした。だいいちわたしの唯一の家族が、日本語を話せないという絶対条件がわたしにとっての悲劇でもある。フランス語はわたしにとって何年たっても痒(かゆ)いところに手の届かぬ外国語である。

一つの国の言葉には、その国の長きにわたって培われたエスプリや、可笑しみや、毒や華が複雑にくぐもり、宿っている。雨風の匂いや、土の匂い、空気に潜むその国独特の気配のようなもの……それはそこに生まれ育った者のみがかぎ取ることのできる、言霊(ことだま)のようなものかもしれない。

フランス語のそれはわたしの娘が持ち、母親であるわたしが持ち得ないものなのだ。だからわたしたち母娘は、心底分かり合ってはいない。

その手の届かない苛立たしい分野に、お互いの深い思惑や、願望やらが入り込み、誤解かもしれない摩訶不思議な了解が愛情になって溶け込むのだ。

わたしはそうした自分の歴史によってなのかどうなのか、言葉のありかたに神経質すぎる気配がある。

かたや、わたし自身が外国の人には、日本語はとてつもなく難しいと思っているのに、流暢とはいかないまでも、吃驚するほどの日本語を聞いて唖然とすることがある。

「令和」という新しい年号が発表された今現在の日本には、既に世界中から集まった、達者な日本語を話す人たちがたくさんいるし（いらっしゃるというべきかも？）テレビ番組などでも人気を博している。

わたしが驚いたのは、遠い昔、ＮＨＫの番組で、ポーランドの首都、ワルシャワに、今や、幻の巨匠であろう映画、『灰とダイヤモンド』のアンジェイ・ワイダ監督をインタビューに行った時のこと。ワイダ監督の話は、ワルシャワ大学の日本学科の岡崎恒夫先生が素晴らしい日本語に通訳してくださった。そういう事情もあり、撮影場所はワルシャワ大学の校庭だった。

カメラマンの後ろにワイダ・ファンであろう変に興奮した人がウロウロしていた。そのとき、

「ちょっと、カメラの後ろに、へんなおっさんがいてはるでー。気ィつけてやー」

わたしは息が止まるほど驚いてしまった。みごとな大阪弁を発したのが、ポーランド人の見目うるわしい、二十歳ぐらいの男子学生だったのである。受けた男の子がやはりこの大学の生徒で、

「わかっとるでー。心配いらん」

これまた大阪弁！

授業も人柄も、この人には若者が心酔するだろうと納得のいく岡崎先生は、べらんめえというほどの大阪弁の使い手だったのだ。ちょうど、ワレサが「ソルダノスチ（連帯）」の名の下に改革を起こしている最中で、世界的にも取り上げられていたポーランドの首都ワルシャワで、こなれた大阪弁を聞くとは思いもよらないことだった。

それからもう一度。今から五十一年前のプラハ。

「プラハの春」革命のさなかだった。のんびりと町の時計塔に現れる十二使徒にみとれていたわたしに、突然、流暢なフランス語で、

「ドルをお持ちなら、闇値で高く買いたいのです」

と言ったのは、やはり若い男の子二人だった。辺りを気にしてこっそ

りと耳打ちしたのは、亡命を計画していて外貨がほしかったのだと気がつくまでに、かなりの時間がかかった。二人とも医科大学の学生で、一人はフランス語、もう一人は見事な英語を話した。そればかりか、数か国語を話すということにわたしは息を呑んで驚いた。

「どうして二人とも、そんなに外国語が話せるの?」

「僕らの国は弱いのです。ソ連や、アメリカ、フランスや日本とは違うのです。チェコ語だけ話していればいいというにはあまりにも小さくて、弱いのです。出来れば、国境を接している国ぜんぶの言葉を話したいと思っています」

わたしは自分の太平楽な驚きを恥ずかしいと思った。

日本も小さい国だけれど、今や、世界一平穏な、海に囲まれた安全地帯なのだ。あれから半世紀も経って、今や、目的こそ違うけれど、アメリカ人や、フランス人、世界中の国の人々に、日本語をものする人たちが増えた。

その中の一人がある政治家の話を聞いて感想を述べた。

「内容がまるきりくそだった。言葉だけたくさん並べて意味がカラポだった」

「あ、つまり糞じゃなくて、空疎（くうそ）。カラポじゃなくて、空っぽ」

と、わたしは笑いながら訂正した。

こうした発音上の間違いは珍しくない。空疎も空想も「くそ」になる。言葉はその意味が、ちゃんと相手に伝わったときこそ価値のあるものだから、わたしはうるさがられても正しい発音を教えてあげたい。外国の人は伸ばす音を縮める癖があり、日本人は外国語を間違えて長く伸ばす癖がある。クーデターは、クー・デタ、なのだ。クーは打撃、エタは国家。エタの前のデは前置詞、ということでcoup d'État, つまりクー・デタとなる。国家に肘鉄を加え、政権を変えるというほどの意味なのだ。国家をこっかーとはいわない。

ブーケもブケ。デザートのミルフィーユはもう日本語になってしまっているので仕方がないが、ミルは千、フィーユは少女。デザートに千人の女の子を食べることになってしまう。遅まきながら、フィーユは、フォイユ（葉）が発音としては近いだろう。人気のデザート、ミイルフォイユは葉っぱの千枚重ねのこと。と、今更言っても詮ないこと。

自分のフランス語が頼りないものなので、せめて自国語だけには、神経質になり、きれいな言葉を話したいと思う。そのわたしが聞き苦しいと思うのは、乱暴な汚い言葉ではなく、やたらと無駄な丁寧語をくどくど連発されることなのだ。

そして、気になるのは、テレビなどで、番組の始めも終わりも、なぜ出演者の誰もかれもが笑って手を振り続けるのだろう。これも丁寧語の続きなのだろうか。もっとさっぱりと歯切れよくしたら、日本的風土に跳ね返されてしまうのだろうか……。あわれわたしは、日本にも、フランスにも根付かないほんもののデラシネになり果ててしまったのだろうか。そんなとき、わたしはわたしの孤独にくるまって、わたしの作る温かみに身をゆだねて安堵するのだ。

嗚呼、法律！　わたしの「独立記念日」

フランスにこんな面白い小咄（こばなし）がある。小咄というより、自らの弱点を茶化しているつもりの話なのかもしれない。

「すわ、一大事！　助けてほしい」と叫んだら、イタリア人はすぐに飛び出して、駆け出してくれる。駆けながらそのわけを聞く。

イギリス人は、一大事の内容を冷静に聞いたうえでおもむろに歩き出す。

フランス人は、わけを聞き、うなずきながらも、歩き出さない（この自嘲は、受けを狙っての過剰表現だとわたしは思う)。

日本だったらどうなのだろう。

わたしの知っている我が同胞はいったん事をかぎつけたら、ただちに助っ人として駆けつけることだろう。二〇一八年八月、足かけ三日間も迷子になっていた二歳の幼児、理稀(よしき)ちゃんを山奥の沢で助けた尾畠春夫さんという人がいた。子供を抱きしめた姿と、そのときの言葉を思い出す。

真っ黒に日焼けした顔に赤いハチマキ、「困った人を助けたい」と言って各地の被災地に出向いて、驚くほどの人助けをしている七十八歳のおじさんはそのとき、こう言った。

「お巡りさんが『法律です。その子はわたしたちに渡してください』と言ったけれど、ダメです、と言って断った。大臣が来ようが法律が来ようが、たとえ罪になってもこの子は、家族の人の腕にしか返さない」

こういう人がいる限り、わたしの日本も捨てたものではないと感動した。

おじさんがこのとき拒絶した「法律」と、それをつかさどる人たちには、事情も違うけれど、わたし自身、人生の潮目を変えられて、理不尽ともいえる境涯を生きなければならない羽目になってしまった。

その最大のものは、離婚後、わたしの懇願にも拘らず、わたしが母親であるため、日本国は当時、十一歳の小学生だった正真正銘わたしの唯一の娘に、日本国籍をくれなかった。父親なら国籍は取得できる、という当時の法律の途方もない差別!

夫も一人っ子、わたしも一人っ子、そのわたしたちに授かったのも一人っ子。その大事な娘は、両親であるわたしたちがいなくなったら身寄りというものがいない。わたしには「大家族」というものへのあこがれがあった。日本に馴染んで娘なりの家族を作ってほしいという夢があった。けれど、日本に連れ帰り、国籍もくれない国の小学校で育てる自信はなかった。それで、離婚後の二十五年の間、女としての半生を、母親としてパリに住むことにした。

その後法律改正があったが、時遅し、十一歳だった娘は、充分にフランス人として成長してしまった。今や、片言の日本語を話せるだけの異国の人になってしまった。

こんなことがあった。もう大学を卒業していた娘が、学生時代からの仲良しと二人、ヴァカンスがてら日本に長期滞在したのだった。

パリに住んでいたわたしももちろん、父亡き後横浜に一人住む母とともに過ごせる時間を楽しみに一緒に来た。当時、フランス人は、日本への入国にビザを申請しなければならなかった。伴った友人には当然だったが、母であるわたしとの日本行きに、娘は観光ビザを取得しなければならなかった。当時のビザは期限付きだった。

わたしの胸に苦いわだかまりが湧いたのは当然のこと。けれど、日本の美しさや、和食のすばらしさを声を上げて喜ぶクラスメイトに、

「素敵でしょ、わたしの日本！」

と自慢する娘に、わたしはこころが和み、満たされた思いがしたものだった。

素敵なニッポンを満喫していた二人の女性は、長かった日本でのヴァカンスの終わり頃、二人してひどい夏風邪に罹(かか)ってしまった。熱や、咳が治まるまでに四、五日かかり、その二人を成田空港まで送り、わたし

は母のために横浜に残った。

娘から電話があったのは、パリへ戻り、空港からサンルイ島のアパルトマンへ帰り着いた頃合いの時間帯だった。

「うれしいわ、帰り着いてすぐ電話をくれるなんて」

「ママン」娘の声は硬かった。

「ローヤ、どうして？　牢屋だとしたらプリゾンのことだけど……」

「ローヤって何のこと？」

「なんてひどいの！　わたしたちイミグレーションを通してもらえなかったのよ。係の人に凄い形相でビザが切れて二日も経っていると睨みつけられたの」

「風邪をひいて寝込んだことは言わなかったの？」

「言った。ほかの人たちがすいすい通っていくのに、脇に立たされて、散々絞られた！　みんなに見られて恥ずかしかったし、腹が立った」

当時のイミグレーションや、荷物検査の係員はおしなべてひどく感じが悪かった。まるで罪人扱いをされているようでまことに不愉快だった。日本だけではなく、ニューヨーク、モスクワ、イスラエル。どこもそれぞれに厳しかった。今のように、観光客はお金を落としてくれるありがたい資源の元ではなかった。世界情勢が今とは丸っきり別次元で緊張していた。ビザが切れていることに気が付かなかったわたしが迂闊だったのだ。

「結局は通してくれたのね」

「一人あたり二万円ずつの罰金を払ったのよ。ママンが空港でお土産を買いなさいと言ってくれた五万円がなかったらどうなっていたかしら」

「で、なぜローヤが出てくるの」

「罰金を受け取ったときに、まだすごく怖い顔をして、今度こんなことをしたらケイムショだ、と言ったのよ」

「まさか……」

「英語と日本語をまぜこぜにして怒鳴るから、わたし『ケイムショって何のことですか』と日本語で訊いたの」

「ローヤだってわからないわよね」

と答えたわたしは、娘がかなり興奮して神経質になっていると思った。

「いくら何でもローヤはないでしょう。係の人も言いすぎたと思って、最後に冗談を言ったんでしょう」

「ママン、あの人たちが冗談を言うほどのやさしさを持っていると思うの？　眼がとがっていたわよ。嫌な眼だったわよ」

「ごめんなさいね、ビザの期限がそれほど大変なものとは思わなかったのよ。せっかくのヴァカンスが台無しになったわね」

娘はからりと明るい声になった。

「ママン！　空港のイミグレーションがどんなにひどい対応をしても、すごくいいヴァカンスだったわよ。マリーもとても喜んでいるのよ。日本は素敵な国だったわよ」

けれど、この事件以来、娘は「わたしの日本」とは言わなくなった。日本はママンの国であり、時折行くステキな外国、となった。そして、片言ではあってもソルボンヌ大学の後、国立東洋言語文化大学で学び、喜んで使っていた日本語をわたしの前で話すことは二度となかった。

時が流れ、娘が結婚したのは英語圏の音楽家だった。

年に一度か二度ある、パリや日本でのわたしを入れての家族団らんのとき、飛び交うのは英語とフランス語、日本語はいっさい出てこない。わたしが書いたものを娘は読めないし、読む努力もしない。それはなんといっても底なしにさびしいことである。

母が逝き、娘に初めての息子、わたしにとっての初孫が生まれたとき、わたしに何度目かの、二者択一のときが来た。祖母という存在になった「母」である身にも、去るべきときがある、とわたしは切なく自覚した。そんな重い覚悟のときがわたしには何度も訪れた。

女優を捨て、恋しい映画と両親と祖国という大事なものを捨て、日本人が自分で飛行機の切符も買えない、海外旅行が自由化していない時代にたった一人の人を頼りにして、故郷日本を去った二十四歳のわたし。何も知らないパリという異国に着いたのは、五月一日。すずらん祭りの日だった。かけがえのないものたちへの決別と、未知への一歩を踏み出した五月一日を、わたしは、わたしの「独立記念日」とした。

その後、法律が改正されて、旅行が自由化したのは、東京オリンピックがあった一九六四年。その間の七年間、わたしは、さまざまなデマや、でっち上げのでたらめ話に悩まされた。

当時、女優としての道が大きく開けていたのに、それをもかえりみず自分のしあわせに邁進（まいしん）したわたしが、

「海外旅行の自由化もしていない日本を捨て、異国（よそぐに）の、青い目の異人さんに嫁ぐなんて！」

と、どれほどの反感と、デマゴギーの生産欲を煽（あお）り立てたか、今の若い人は想像もできないことだろう。

そうまでした大決意の行動にも破局というものはある。

しあわせな十八年が過ぎ、わたしの長すぎ、頻繁すぎる不在がもとで起きた破局。孤独な夫のもとに忍び込んだ女性事件を、わたしは受け流すことが出来なかった。

夫にとってそれは些細な一過性の出来事だったかもしれないのに……。女として、人間として愛しみ育ててくれた夫の説得や懇願にも拘らず、原因が自分の我儘であったことを知りつつも我武者羅に離婚を決意したのだった。その日、八月十一日、わたしの四十一歳の誕生日だった。

協議離婚が認められない国の離婚は長引く。その後、法律改正があったがこれまた時遅しである。わたしは正式離婚承認が下りないまま、「別居」という制度があることを知って、翌年の五月一日、母国日本を出奔し、意志して立てた「独立記念日」のすずらん祭りの日に、我が家と思い込んでいた夫の家を去った。

陽炎（かげろう）の舞う、五月晴れの昼下がり、娘を伴い、母から贈られた姫鏡台と、スーツケースだけを乗せて遠ざかるわたしの愛車アウト・ビアンキのバックミラーに、滂沱（ぼうだ）と涙を流す夫の姿が揺れていた。

わたしには、再婚するなどという意思も望みもなかった。ひたすら娘一家にかかわり合い、初孫に夢中になった。

孫も両親よりわたしに馴染み切っていた。そんなわたしをはじめのうちは貴重な助っ人とありがたく思っていただろうが、孫がつかまり立ちが出来るようになってからは、わたし自身やりすぎだよ、うっとうしい存在になっているよ、と自覚があるほど、潑溂と可愛らしい孫に、日がな一日自分の生活を絡ませて暮らした。

わたしは我が生涯三度目の、重たい決別を覚悟した。

四十三年もの間暮らした本拠を、パリから両親の住んだ横浜の実家へ移したのだった。二〇〇〇年のことだった。そのときから何年も経ってから、気付き驚いたのは、わたしの住民票の転入日が、母の亡くなった日の翌日になっていることだった。そのときのわたしは、国連の親善大使として、アフリカはセネガルの、水も電気もガスも引けておらず、あらゆる文明の利器から隔絶された原始村にいたのだった。痩（や）せ細った孤児を抱いた胸におしっこをされても洗い流すのは泥水、という環境の中にいて、母が亡くなったことさえ知る由もなかった。アフリカにいるわたしの住民票を移さなければならなかったのは、時の法律では、日本の住民でないと母を埋葬することが出来ないという理由だった。法律とはなんと不便なものだろうと思った。勿論、その後法律は改正された。

なぜ、いつも人生の大事なときに、わたしにとっての法律は後手後手に回るのだろう。

「カード詐欺、勝負処はドジと勘」で書いたように、母の逝去から十九年も経ったとき、公証人や、司法書士事務所へ病身の母とともに何度も足を運んで作成した、「遺言公正証書」も、母の手書きの遺書も提出されておらず、したがって、娘への母からの贈与が無効になってしまったと知って、愕然とした。

慌てて取った戸籍謄本の上欄のコメントといったらよいのか、個人事項証明のような欄に、イヴ・シァンピとの結婚の記載はあるけれど、離婚や、娘の出生記述はない。

それは当然のことのように思った。正式の離婚証明書が下りる前に、当時のフランスの法律「別居」という制度の下に、引き留めてくれる夫のこころを無下にして去ったわたしの心中を察して、夫は、証明書が下りた日時をわたしには知らせなかったのかもしれない。その後、彼は再婚したけれど、自分ひとりを頼って祖国と決別したわたしを、最後まで親身になって後ろ盾をして支えてくれた。

娘の出生に関しては、日本大使館へ届けるなどということは思いもしなかった。待ちに待った子供を授かって、幸福の絶頂にいたわたしが、その時点で離婚も日本の戸籍も思い浮かべるわけがなかった。この長くて、ややこしい私的事情の記述をうっとうしく思う読者が大半だと思う。けれど、国際結婚が自由になり、何の問題もなく頻繁になっている現状を見て、その先駆けとなったわたしは、このお節介な章を入れることを決めた。人生には思いもよらないことが起こる。「法律」とか、その国の「規範」や「決めごと」は知らないより知っていたほうがいい、ということを書き記したいと思った。

　そうした肝心の知識がないために、わたしと娘が負わなければならなかった数々の難儀を思い、遅ればせの悔恨に茫然とする。

　個人的事情に戻れば、今、わたしがやらなければならないことは、娘の存在をわたしの戸籍謄本に記載してもらうことである。わたしは市役所の戸籍課へ問い質し、感じのいい女性職員に丁寧に説明され、居住地区の法務局へも連絡した。お役所の係員はみんな丁寧で親切だった。けれど、なんの結論も結果も出なかった。次なる手続きをどこでどう取るかという説明をしてくれただけだった。結局、前記の司法書士事務所へ行った。

「パリの在仏日本国大使館の領事にフランスの家族手帳や、離婚証明書を提出して、日本の法務省に承認してもらうのが一番でしょう」と言われた。

わたしはただちに、未知ではあったが、当時の駐仏日本大使に手紙を書き、領事部宛てに、必要な書類、仏国の「家族手帳」や「結婚、離婚証明書」を送った。その際、わたしの結婚、離婚証明が、パリの市役所ではなく、ヴァルモンドアという美しい谷間の村役場で、手書きで発行されたものなので、読み難さを気遣って、ワープロ打ちをして、和訳も書いてみた。けれど、フランス語が堪能である大使館の領事部に、非礼ではないかと反省して、原文のみを送った。

それから間もない、二〇一八年の十一月初め、娘との親子関係の正式証明を得るためにパリへ発った。

立ち去ったパリのその後の様子を、個人的なルポルタージュにしたいという目論みもあった。パリの現在を、わたしの唯一の家族を入れ込んで、わたし流に映像にしたかった。この期待は、達成しなかった。パリは「黄色いベスト」運動が収拾の目処もつかず革命前夜のような大混乱で、身動きが出来なかった。それよりひどいショックを受けたのは、本来の目的が果たせないことだった。

木寺昌人日本大使は、わたしを素晴らしい晩餐に招待してくださった。けれど、領事部からは、日本の法務省と連絡したが、出生届は、生後三カ月以内にパリの日本大使館の領事部に提出されていなかった、という理由で戸籍謄本への記載を拒否された。領事さんはこうした結果になったことを気の毒がってくださったが、決めごとは決めごとなのである。

今度は、日本のフランス大使館へ行って、公認翻訳者を指定してもらい、家族手帳を和訳して、しかるべき機関へ届けること、というご親切な指示をいただいた。姓名と生年月日、現住所とわたしとの続柄だけを認めてもらうのに、わざわざ公認翻訳者の手を借りなければいけないのか！　その正当であろう非情な返事を聞くために、わたしはわざわざ遠路飛行機に乗ってやってきたのか。啞然、茫然、慄然とした。

胸に湧き上がるうねるような思いを封じ込めて、わたしは笑って言った。

「お世話をかけました。ありがとうございます」と。

大事な目的を拒絶されたわたしは、クリスマスを共に過ごしたかった娘に送られて争乱のパリを去った。

「ママン、法律が何と言ってもわたしはママンの娘なんだから、手数はかかるかもしれないけれど、あまり急いて体を壊さないでね」

イミグレーションに入るぎりぎりの限界まで、手荷物を持ってくれていた娘が、わたしを抱きしめながらつぶやいた。もう壊れているよ、と

胸の裡で吐き出すように言いながら、

「だいじょうぶ！」

と言って日本とはまったく縁の切れた、パリの家族の元へ帰る娘を抱きしめた。

振り向き、振り向き遠ざかる娘を見つめて、わたしも日本への帰国の一歩を踏み出した。身近にいたい母と娘が、東と西、真逆の方向へ向けて歩く姿が、わたしのこころに鮮烈な印象を刻んだ。

日本へ帰り着いたわたしは、時差と疲れで体調を崩して寝込んだ。

年も明け、新しい天皇が即位される日に、わたしの「独立記念日」がやってくる。娘がすずらんのイラストを送ってくれることだろう。

「独立記念日」を、わたしは「孤立記念日」と改めるべきかと思いはじめている。

わたしは法律という名の決めごとにたらい回しにされているような苛立ちと極度の疲労を感じている。

「疲れたよォ！」と叫んでみる。

「どこかへ行ってゆっくりヴァカンスでもとらなきゃ、死んじゃうよ！」と、付け足してみる。

昏(くら)い視界に、かつての夫のこんな言葉が浮かんできた。

「耐えられない苦しみや疲れというものは、もう一つのより強い疲れによって癒される。苦しみや疲れ、つまりストレスは、休暇によっては癒されない」

そうなのだ！　酷い仕打ちや、理不尽なことにめげそうになったとき、もっとひどい難事が押し寄せてきて、それまでの悩みを、

「なーんだ、あれしきのこと！」

と笑って屑箱に捨ててきたではないか。

過去はたからもの、

孤独も苦労もたからもの、

何があってもめげない自分を作ること。

日本という、たぶん地球上で一番安全で、平穏な東海の孤島から、その昔、解禁されてもいない海を渡って、未知の世界へ乗り込んだ世間知らずの女は、今、人生の最晩年という黄金色のゴージャスな暮れ方の光を浴びて、苦労よりも、しあわせのほうが多かったと感じている。さまざまな偶然や、事件に身を絡め、無鉄砲にも果敢にもかなり特殊な人生を送った、ひとりの日本の女の足取りを、ちょっとばかり誇らしく振り返ってみる。ずっしりと重たく、幸や、不幸が具合よく重なり合った貴い一生だった。

今、わたしは、山の上の古家の二階、住み馴染んだ書斎兼寝室の窓辺に座って、わたしの横浜の、恋しい町姿に見とれている。夜が始まろうとしていた。

けれど、まだ暮れきってはいない町に、蛍のような淡いネオンが煌めき出し、ずっと向こうに、子供の頃から飽かずに眺めた広い海が、沈んだ太陽の光を含んで、紅く燃えている。わたしはいつものように、誰もいない我が古家のあちこちを徘徊する。階段をゆっくりと降りて、長い廊下を回り、母の部屋だった、今は時折来てくれる娘が使っている部屋に入り、大きな窓を開け放った。立春は過ぎたのに、まだ二月という寒風が流れ込んで、わたしは思わず肩をすぼめながら裏庭に枝をひろげるミモザを眺めた。

冬から春に向けて、まっさきに咲いてくれるつぼみがもう膨らんでいる。庭を照らすライトのなかで、パラリと黄色い花房をひろげて、たわわに群れなすミモザの姿が浮かぶ。幻想のなかで、その花景色は、華やかでうつくしく、わたしは寒い風にさらされながら、なぜとはなく、意味もなく、微笑んでいる。

孤独という道づれ

かなり昔、『双頭の鷲(わし)』という戯曲の扉ページに、著者のジャン・コクトーが引用した文章を見て、考え込んでしまった。

彼女は、何も宛てにできなかった。偶然さえも。
偶然のない人生というものもあるのだから…
バルザック

わたしはバルザックの熱心な読者ではないし、ジャン・マレーの舞台のために、ジャン・コクトーが書き上げた戯曲『双頭の鷲』は、ハプスブルク家皇妃暗殺事件に着想したという物語なのだが、あまり好きではなかった。けれど、このかなり奇想天外な戯曲は、世界的にも有名で、日本でも、上演されたようである。映画にもなったがわたしは見ていない。

映画の中では、暗殺者になるジャン・マレーの美しさを存分に描いているらしいが、わたしは『美女と野獣』の野獣になったジャン・マレーが好きだった。全身獣毛に覆われた「野獣」という恐ろしい姿を恥じるジャン・マレーの瞳の切なさのほうが美しさが深いのではないかと思っている。ジャン・コクトーのファンであるわたしは、つい、横道にそれて映画の中のジャン・マレーに思いが傾いてしまったが、わたしが驚いた言葉に話を戻したい。

偶然さえも宛てにできなかった、という彼女は手の混んだ不幸のなかで、ひとりぼっちだった？　そんな時期はわたしにもあったし、誰にもあるに違いない。

わたしが驚いたのは、

「偶然のない人生というものもあるのだから」

という無慈悲な仮説なのだ。

仮説ではないのかもしれない。仮説でないとすれば、そこにあったのは底知れない、恐ろしい孤独だけだった？　このフレーズを、わたしが歩いてきた道のりで推し量るのは不謹慎なことかもしれないが、「偶然」が目白押しにやってきて、幸や不幸を、山積みにされた人生のなかで、わたしはいつも力いっぱい生きてきた。

「偶然」とは、私流にいえば、普段の生活の中にふいっと現れるいつもとは違うひょんなこと、つまり「非日常」なのだ。

そのひょんな気配には、冒険の匂いや、危険な兆しも見え隠れする。見過ごせば、いつもと同じ今日が過ぎ、明日が続き、ほどほどに無難な人生を送るのかもしれない。ほとんどの人が無難な日常のほうが好ましいと感じるのかもしれない。

わたしはどんなことも見過ごさなかった。ほんの少し、いつもとは違う気配にも、吃驚するような変事にも、まともにぶつかって身を絡めてきた。

さまざまな偶然や、それをつかんで陥った、ややこしい人生の裏のまたその裏にかくされた、災難や心労、幸や不幸が山積みとなって押し寄せた人生の中で、自分らしく生きるには、「孤独」というちょっと晴れがましい、眩しい立ち位置だった。その言葉の裏にある、限りない自由と、心もとない、深いわびしさ。

それらをたっぷりと背負いこんで、今から十五、六年も前、世間では古稀なんぞという、けしからん名称のもとに認識されている七十代が始まろうとしているとき、わたしは、セーヌ河畔の散歩道を歩いていた。

もちろんひとりで……。

「孤独という道づれは、馴染んでみればファンタスティック！　わたしは少しばかり狡く賢く、要領よく、この道づれを抱き込んで、かなり気ままなひとり旅」

などとエッセイに書いたりした。これは多少のはったりと、多少のホントが入り混じったわたしの啖呵なのだった。わたしには孤独とうまくわたり合って、自分に取り込んでしまう才能がある、と本気で思っていたし、今もそう思おうとしている。

「未熟者が、何をほざく!」

バルザックさまの高笑いが聞こえるようではあるけれど。

だって、わたしが意志して選んだ孤独という道づれは、まだまだ吃驚するような偶然を山ほど運んできてくれて、かなり豪勢な人生の日暮れ時を用意してくれるかもしれないではないか……。そんな気配をわたしはこころのどこかで感じていた(それは、先刻書いたように、今から十五、六年も前のこと)。

そのとき、ノンシャランと歩くわたしに、まるでセーヌ川のさざ波が奏でているような、切なく胸を打つ、うつくしい調べが流れてきた。わたしの散歩道に架かったトゥルネル橋の下に、水際から延びる幅の広い遊歩道がある。わたしから見れば、向こう岸。風に吹かれて橋を渡り、遊歩道への階段を降りてみた。

橋げたの陰に、すらりと背の高い黒人がひとり、サキソフォンを吹いていた。その音色は、そこから見れば、後ろ姿が素晴らしいノートルダム寺院まで流れ流れて消えてゆく。

遊歩道は賑わっていた。

手をつないで行く共白髪の二人づれ。

犬の散歩にかこつけて、自らのひとりぼっちを撒き散らすように、恬淡と歩く姿のいい、高齢者。

肩を寄せ合い、もつれあう、恋の二人の長い影。

グループで、気焔をあげる若者たちの、胸がすくような賑やかさ。ちょっとした人生の縮図を、わたしは、懐かしみの籠った思いで眺めていた。

わたしにも、まだまだ訪れてくれるに違いない、たくさんの偶然を夢見て……。その偶然はいろいろな形で訪れてくれた。それらを受け取る好奇心と冒険心がなかったとしたら「日常」という退屈なしあわせが続いていたことだろう。

話が飛ぶ。

この散歩から、気の遠くなるほどの月日が経ってしまった二〇一八年の秋が始まろうとするある夜更け、テレビを点けたら吃驚するような美青年のクローズアップが映し出されていた。『アラン・ドロン　ラストメッセージ』という番組だと番組表にあった。

一時代を作り上げたその顔や目を、わたしはある感慨を持って見つめた。吸い込まれるほど魅惑的な青い目の奥に潜む、この人独特のクールな悪の華が咲いていた。ルネ・クレマンの名作『太陽がいっぱい』のアラン・ドロンである。番組は世界中の、特に日本の女性たちを夢中にさせた、若かったアラン・ドロンの野望や、負けん気が溢れる作品の数々を編集して映し出し、かたわら、その多彩な女性遍歴も語っていた。

俳優としての作品をすべて観ているとはとても言えないが、わたし自身の好みを言えば、ジャン＝ピエール・メルヴィル監督の『サムライ』がよかった。内容は忘れてしまったが、たしか、一匹狼の殺し屋を演じたときの、この俳優の評判になったさまざまな仕草を憶えている。被った帽子のつばをすっと撫(な)でる指先。歩き止まって、右手の内側に嵌(は)めてある時計をひょいと見る仕草、などなど。彼は社会からドロップアウトした、世捨て人のような毒のある役柄をどきっとする魅力で演じた人だった。

さて、タイトルに謳われた「ラストメッセージ」ってなんだろうと興味深く見入るわたしの、画面手前から、少し猫背の後ろ姿で、若くはないだろう男が廊下を歩いてゆく。まさか、あれがカッコよかったアラン・ドロン？　高級ホテルのスイートルームに待機している撮影隊の前に現れたのは、八十二歳になった、白髪、ちょっぴり猫背のアラン・ドロンだった。

わたしは息を呑んだ。見る人を惹き込むような、あのアラン・ドロンはそこにはいなかった。

人はいろいろな年のとり方をする。

それを今語ろうとは思わないが、大雑把に言って、ふた通りの老い方があるとわたしは思う。人生を経て、若い時より味わい深いいい顔になる人もいる。逆に老いが醜く姿全体にこびりついている人もいる。この人の場合、そのどちらともいえない年のとり方をしていた。その姿は、自信と誇りをかくまった孤高のようにも見えたし、すべてに去られ、それを甘受するようなある種の諦観もにじみ出ていた。

彼は自分の幼年時代の身の置きどころのなかった不幸から語り始めた。もの心つかないうちに離婚した両親はそれぞれに再婚して大勢の子供をもうけ、自分の居場所がなくなったこと。家出の後の放浪の身に疲れ、十四歳になったとき、母が作った新しい家族の元に戻りはしたが、いたたまれずに飛び出した。ヤケバチになっていた自分を救ってくれたのは、インドシナ戦争に志願して過ごした四年間の軍隊生活であったこと。

「命令される」ということ、「規則に従う」ということ、それらは、それまでの彼が知らなかった人生の決めごとだった。

この話は、気の遠くなるほどの昔、アラン・ドロン自身から聞いていた。彼もわたしも若く、その場にいたロミー・シュナイダーと熱愛の関係にあったのに、なぜ軍隊の話が出るのか、彼の生い立ちを知らなかったわたしは不思議な気がしたものだった。その頃、彼らもわたしも、「一世を風靡する」と喧伝されていたスターという身分だった。どこかの局に頼まれての鼎談だったのか、雑誌の取材だったのか憶えていない。アラン・ドロンとロミー・シュナイダーは申し分なく素敵なカップルだった。始まったことには、必ず終わりがある。

それらの体験をドロンは、少しばかり自慢げに、熱っぽく語った。唯一結婚したナタリー・ドロンのこと。ロミー・シュナイダーの若すぎた非業の死を知って駆け付け、その葬儀にまで手を貸しながら、肝心の葬儀には姿を見せなかったこと……。そして、最期まで愛したミレイユ・ダルクのこと。

「みんな死んでしまった。僕一人だけが残された。僕は女たちに愛された。群がった女たちに僕はいろいろなことを教えられたし、今、こころから感謝している。そして、僕を立ち直らせてくれた軍隊に感謝している。軍隊では僕は孤独ではなかった」

順番も語った内容もこの通りではないかもしれないが、彼の一人語りをわたしはこんな風に受け取った。彼の孤独は、みんなに死なれて一人ぼっちになった今始まったことなのか、それとも、もてはやされた、世紀のスターであった頃からのものだったのか……。

彼は犬が大好きだった。

「犬は忠実だ。絶対に裏切らない」

犬しか信じられないほど、結局、アラン・ドロンは終生孤独だったのではないか、と思った。かたや、わたしとアラン・ドロンとの間には、語るにも足らないうっすらとした友情のようなものがある期間、続いていた。

　パリでの住まいも、田舎の家も近かったせいもあり、娘と、彼の息子アントニーが同じ学校であったせいもあり、週末によく誘ってくれた。お城を改造した、ひどくモダンな田舎家の屋内プールで子供たちを泳がせたり、プールの向こう側にスクリーンを張って、子供たちに映画を上映して喜ばせたりしていた。映写技師を雇わず、自分がその役目を嬉々としてやっていた。あの頃の彼には少なくとも孤独の影は微塵もなかった。

　ある日、『大西部（邦題）』という映画の誘いを受けて、娘と仲良しの女の子たちも連れて、門まで近づいたわたしたちに、内側から、凶暴なうなり声をあげて彼の愛犬シェパードの群れが門に飛びかかった。わたしは犬がダメなのだった。終戦後、横浜にたむろしていたアメリカ兵が放った三匹のシェパードに、自転車で逃れるわたしは脛を嚙まれて酷い目に遭ったことがあったのだった。

群がる十数匹ほどの犬たちを、高い金網で囲った彼らの広大なヤシキに収めてくれるまで、かなりの時間を待った覚えがある。リヴィングに通されてもまだ蒼ざめているわたしの背中を撫でてくれながら、ミレイユ・ダルクがおいしいコーヒーを淹れてくれたものだった。

番組の終わり近く、彼はカメラをいざない、自分が定めた自分の墓場を披露した。別荘の庭の片隅だという、どうということもない野原にも見える場所に、数えきれない石ころの墓標が並んでいた。傍らに小さなチャペルまで建ててあった。

昇天した犬たちのためと、自分のためのチャペルだった。

「僕は愛した三十五匹の犬たちの隣に葬ってもらうんだ」

ぞっとするほど侘しい言葉をあっさりと言う老いたアラン・ドロンには、老いに負けていられるか！　という気概と、かつての挑戦的なひらめきがあった。

今の若者たちは、アラン・ドロンや、その時代を知っているわけもない。そういうわたし自身のことだって、どこの誰？　という素っ気のない無関心しかないだろう。でもわたしは知っているのだ。終わってはしまったが、彼が一世を風靡した時代に、事実輝いていたアラン・ドロンという存在を。

一時間という長い番組を全部は見ていないけれど、一つだけ、本当だ、同感だ！　と納得する言葉があった。

「ぼくは、コメディアンとアクター（字幕には俳優とあった）はまったく別だと思う」

言葉そのままを思い出せないが、わたしがこころから同意する識別なので、ここに書き留めたいと思う。

「『コメディアン』というのは、演技というものをアカデミックに勉強したり、研究した人たちのことなんだ。与えられた役を考え、学び、作り上げて演じる人たちだ。ところが『アクター』というのは偶然がもたらしたアクシデントなんだ。ぼくのように。何にも知らない風来坊のぼくに、『君はあるがままの君でいい。自分の歩き方で歩き、自分のしゃべり方でしゃべればいい』と言ってくれたルネ・クレマンという監督がいて、ある日、『太陽がいっぱい』が、大ヒットをした。ぼくは、あの役を演じてはいない、あの若者を生きたんだ。コメディアンたちはその役を生きない。彼らは演じるんだ」

極論と言われるかもしれないけれど、わたしは、ここで彼と思いを一つにした。

「よく言われるよ、アラン・ドロンはなにをやってもアラン・ドロンだって。当然さ。ぼくは演じていない。こころからその人物を生きているんだ。アラン・ドロンで生きているんだ」

わたしは心中、小さな声でブラヴォーと言った。

わたしが気恥ずかしくて、口に出せないのは、「役作りをする」という言葉なのだ。若いときは別にして、そして、かなり特別な役か、野獣に変身しなければならない場合は別として、役者が、役をもらってから役作りなんかしても間に合わない。

生の人間が勝負だとわたしは思っている。彼が分類する「コメディアン」という人たちの中には、素晴らしい人たちがたくさんいる。日本にも、世界中にも。たとえば、中年以降のシャーリー・マクレーンの、小気味よい、芸など感じさせない味わい。『黄昏（たそがれ）』のキャサリン・ヘップバーンの道化た闊達さ。数年前、サッチャーの生涯を演じて、鳥肌がたつほどの感動を与えた、偉大なる女優、メリル・ストリープ！　わたしは映画が終わった後もしばらく、立ち上がることも出来なかった。映画館を出てしばらくして気が付いたら、手に何も持っていなかった。ハンドバッグも愛用のスカーフも座席に置き忘れてきてしまったのだった。慌てて取りに戻ったら、落とし物係がちゃんと保管していてくれた（これは日本だからこそと言えるだろう。ハンドバッグの中にはかなりの大金が入っていたのだから）。

大根役者という言葉があるが、時としてそれは褒め言葉でもある。本当に芸無しのでくの坊ではしょうがないけれど、小賢しい芝居をせず、ただ、ぬーぼーと立っているだけで、存在そのものが絵になる人がいる。

これは天が与えた大きな才能だとわたしは思う。大根と言われて、何十年もスターでいることこそ稀有なる価値だと思う。

わたしはここで、遠い昔のある風景を思い出す。少し前、ある雑誌に頼まれて、エッセイに書いたこともあるのだが、演技者に対するアラン・ドロンの素晴らしい識別をわたしは、わたしなりに「コメディアンとスター」という風に感じたことがあるのだった。雑誌社からの依頼のテーマは、「教養」だったと思う。わたしはこんなことを書いた。

《「教養」と世間が言うものを、わたしはそれらしく培うことはなかった。わたしは大学を放棄して映画界に入った。そこで学ぶものは、強いて言えば人間学といえなくもない。

『女の園』という学園闘争を描いた映画の読み合わせのとき、大広間に出演者とスタッフ、総勢何十人というおびただしい数の人が円を描いて巨匠木下惠介監督を囲んで座った。

当時大スターだった両高峰さん（三枝子さん・秀子さん）や、久我美子さん。錚々たるメンバーに、新劇の人たちが混ざり、若かったわたしも末席にはべっていた。

読み合わせが始まり、教授役である高峰三枝子さんが、出雲風土記を、「ふうどき」と読み間違えられた。新劇陣のなかから笑いが起こり、誰かが、「ふどきです」と臆面もない声をあげて、そのまわりに忍び笑いがさざめいた。映画スターと、教養ある新劇人というような隔たりを感じて、わたしは嗤った人たちをみっともないと思った。

「あらっ、ほんと、間違えちゃった！」

と言って、華やかに笑った高峰三枝子さんは素敵だった。（後略）》

高峰三枝子さんは、大スターであっただけではなく、長いこと日本映画に君臨した大女優であったし、人柄が素晴らしかった。さっぱりと優しかった。

ここでアラン・ドロンに戻ると、わたしも彼の一言に笑ってしまった瞬間がある。私の笑いは新劇の人たちの嗤いとは異質なものだった。世界的大スターが陥ってもおかしくはない、メガロマニー、つまり誇大妄想を感じての一人笑いだった。

群がるマスコミの一人に訊いたそうなのだ。

「ぼくが死んだら、君はアラン・ドロンという人物の死をどう記事にする？」

記者はこう答えたのだそうだ。

「サムライが死んだ！」

彼は、大満足そうにこう言った。

「サムライの死！　サムライ、ハラキリ、それこそ男の死だ」

わたしは、この言葉に思わず笑ってしまったのだった。

時は足早に過ぎてゆく。時代をめくる手は容赦なく早いのだ。でもしかし、番組の最後に彼が言い放った言葉に、わたしは彼の彼流、孤独の生き方を感じた。ちょっとした見栄とはったりを味付けすれば、独りぼっちも格が上がる。

アラン・ドロン、最後の言葉はこんな風だった。

「二〇二〇年の東京には行くよ。フランス代表のすごい柔道家を応援するために、ぼくは一人で行く。オリンピックでフランスが、柔道の金メダルをかっ攫って勝どきを上げるためにぼくが行く！」

指を唇に当て、かつての日本のファンのために、あるいは、世界中の女性に向けてか、音の立つような投げキスを送った。

やれやれ、孤独という道づれは、ありがたいような、面倒くさくて、小難しくて、疲れて、やりきれないような……。

これも人それぞれなのだろう。どうせなら、華やかに、勢いよく、果てしのない、空の遠くを見上げて歩いてゆこう。

エピローグ

わたしが、数年来、よく掛けられる言葉の決定版はこんな風である。

「お若く見えるわあ！　何か秘訣があるんですかあ？」

「若く見えているんじゃないの。若いの！」

相手はきょとんとする。追い打ちをかけるようにわたしは言う。

「何もかも一人でやっているわたしには、山ほどの苦労があって、皆様のようにしあわせな皺を刻んでいる暇などないの」

相手はますます怪訝（けげん）な顔をする。

「傍らに夫という人がいて、おおぜいの子や孫たちに囲まれて、たまには家族そろって温泉旅行なんていう日々が続いていれば、皺も増えるわよ」

「えっ……？」

「つまりなんにも受信していないということ。受信機は壊れ、発信する機能もない。世の中のことに耳をそばだて、眼をこらす必要も感じない。そんな風に生温いしあわせな環境は、逆に皺の温床だと思うの」

「へっ……？」

というような相手の不可解な顔を見て、わたしはちょっと言い過ぎかなと反省する。

「皺はわたしにもいっぱいあるのよ。それを目立たせない力がわたしにはあるかもしれない」

相手は次第に胡散臭そうな目でわたしを見、うっすら笑いを浮かべる。

「受けた傷や、躓き（つまず）を自分で治すのよ。へこたれないのよ。誰かに頼ったりしないのよ。そんな生活をしているわたしは年を取っている暇なんかないのよ」

このへんで相手は不承不承なっとく気味の表情になる。

「つまり、強いんですね――」

「強くはない。でも絶対に弱くはない」

このあたりで、たいていの相手はうんざりしてわたしとの問答をあきらめる。

もう一つ、わたしを逆上させる言葉がある。しかも親しい友人たちでさえ発する誉め言葉のつもりらしい侮辱語である。

「わっ、いつまでも若いわねえ、お化けみたい」と女友達。

「わっ、化け物だよっ」は、男の知り合い達。

顔で笑って、こころの中で鬼になる（どっちが化け物だよ！若いくせに盛りだくさんの皺を作って、背中丸めて、しょぼくれて！）。

「皺なら、わたしだって売りたいほどある。違いは、わたしの皺は上等なの。くっきりとした影法師がある皺なの」

わたしは意味不明の御託をならべる。それを聞いて、相手も意味不明な笑いを浮かべる。

「わたしには闘わなければならないことが、山ほどあったし、今もあるの。世間が作った常識とか、もっと大事な法律の決めごとを知らないので、いつも負けるのよ。負けて勝ちを取るなんて才能は持ち合わせていないから、しょうがない……」

と、柄にもなくしょげるわたしを、ここでも彼らは放棄する。

放棄するまえに、憧れに見せかけた憐憫のような、なんともいいようのない友愛の笑みでわたしを包んでくれる。

彼らのやさしさを感じながらも、わたしは彼らの眼の真ん中を見て、ピカッ！　と笑う。世間知に無知な自分への、了解のつもりの、やけくそのピカッ、である。

ここで、わたしに降りかかった信じられない珍事の、ほんの端くれをお披露目してみようかしら……。

まず、パリの住まいへも田舎の家へも、何十回にもわたる泥棒サマの御来訪！　離婚後、女の一人住まいを狙ってのこととは承知の上、業を煮やした私は、田舎の家の扉に鍵をかけず、大きなメモ書きを貼り付けておいた。

〈泥棒諸兄へ。〉（と大書した）

もう目ぼしいものはみんなお持ち帰りになりました。何もないことを確認なさったあかつきには、せめてドアや窓を閉めてお帰り下さい。落ち葉が舞い込んで絨毯が汚れ、掃除の手間が大変です》

数日後、管理をしてくれている豪農の奥方からあきれ果てた電話があった。

「ケイコ！　なんて呑気な人なの、あなたは！　あなたの掃除の手間が省けるように、替えたばかりの寝室の真新しい絨毯をきれいにはがして持っていったわよ！」

彼女はカンカンになって怒っていた。泥棒にではなく、わたしのろくでもない遊び心に。

わたしのアパルトマンは、巴里発祥の地といわれるサンルイ島にある。築四百年。一部の階段が残念ながら文化財に指定されている。原形を損なうことなく修理しなければならないのだ。税金がとてつもなく高い。

しかも、わたしの階からはほんの百年弱まえに、建て増しをされたそうで（購入のとき、そんなことも調べなかった）、その際の不手際で問題続出。長いローンを組んで、凝りに凝った内装が完成したとき、既に冬。大満足で改装終わった我が家を眺め、安らぎのときを過ごせたのは束の間。

床やコンセントから、摩訶不思議！　もくもくと黒い煙が湧いてきた。増築工事のミスで、階下の暖炉の煙突から、我が家全体に煙が蔓延（まんえん）し、極寒のパリで窓を開け放たなければならない仕儀となった。

裁判が長引き、我が家のど真ん中にある、分厚い壁を解体し、さまざまな工事の間中、わたしは住家を移動せざるをえなかった。すっかり修復され、気持ちのいい日々を過ごせるまでに、十年近い時が流れていた

（裁判というヨーロッパお得意のしきたりが長い時間と、それに伴う弁護士費用が重たかった）。この間にもまた、信じられないような出来事が起こり、やっと落ち着いた数年前、嘘！　としか思えないほどの事件。我が家の壁が濡れて剝がれてきた。すぐ上の階の住人が変わり、ひどく乱暴な改装工事をしたのだった。

何世紀も生き続けているこんな古い建物の、特に水廻りには、専門知識を持っている建築家に託さなければ、問題が起こるのは必定。我が家はひどい有様になった。わたくし、唯一自慢の巨大な英国骨董の書棚に並べた夥しい数の本に黴が生えてきた！

ピンポーンとベルが鳴り、まことに感じのいい女性がスカートを揺らせて入ってきた。

「オーラアーア、なんてひどい光景でしょう。これからシャワーを浴びる度に、お宅の壁を濡らさなきゃならないなんて気がひけるわ」

（ン？　なんだよそれ。工事ミスを直す気はないのかよ！）結局は、管理事務所に任せることにした。

「郷に入っては郷に従え」にしても、彼女たちは自国の郷をがっちりと携えて、手練手管に磨きをかけ、巧妙きわまりない対処をする。

わたしの家を水浸しにした階上の主はトルコの女性。

亀裂を這って侵入した暖炉の煙で、あわやわたしを燻製（くんせい）にしかけた階下の主は富裕なるアメリカの女性。

二人とも魅力的でさわやかで、晴れ晴れとした笑顔や、並々ならぬ教養も携えた素晴らしい人たち。けれど、コトいったん利害関係が絡まると、難なく豹変する鮮やかな技をもつ。

参っちゃうわね。何世紀にもわたって、世界の大半を制御したオスマン帝国末裔のトルコ人と、世界の強国アメリカの破片のような富豪美人に挟まれてしまったのである。

先祖代々何百年、蕗(ふき)のとうや川魚でなりわいを立ててきた、日本というわたしの「郷」には精神のすずやかさはあっても人の迷惑を歯牙にもかけず、にっこり笑うしたたかさはない。

日本人は、「敵の懐へ飛び込め」という。フランスには「敵を自分のポケットへ誘い込め」というい方がある。

結局は同じことを違う言い回しにしているのだと思い、わたしはフランスに住む限り、その両刀遣いになった。

その結果、階下のアメリカ婦人とは、連れ立って映画を観に行ったり、レストランで夢中になって、時局を語りあったりする仲になった。彼女は若い時、ジャーナリストとしてテレビで活躍していたとか。

うっすらとした化粧、品よくとびきりのセンスで纏っていた服装も私好みだった。裁判や長引いた修復工事などの末、せっかく親しくなったその彼女も、二年前、帰らぬ旅に発ってしまった。長いようで短い人生。

時事問題などには触れずに、晩年の生き方を、と言われた言葉を守ったつもりで、ここに筆を擱（お）きたい。

そして最後に、優れた医師でもあったかつての我が夫、イヴ・シァンピが言った言葉を書き留めたい。

見たことのない人にそのものを見せることはできない。
見てしまった人は、見る前に戻ることはできない。

わたしは「見てしまった人」なのだ。何を見たかを、これから書いていくつもりでいる。わたしにまだ生きていくことが許される限り……。

文庫化に寄せて――今、思うこと――

二〇一九年五月一日に上梓したこの本の最期に、
かつてのわが夫イヴ・シァンピの言葉を書いて筆を擱いた。
「見たことのない人にそのものを見せることはできない。
見てしまった人は、見る前に戻ることはできない」
わたしは「見てしまった人」。
何を見たかを、これから書いていくつもりでいる……と結んだ。
それから三年。
時代は目まぐるしく変わってしまった。

＊

フランスに住む私の唯一の家族である娘は、私が離婚した当時の我が国の法律で、私が父親でなく母親であったため日本国籍を認められず、フランス人という外国人になってしまった。昨年十二月、日本ではパンデミックもかなり収まり、今だ！　とばかりに娘を呼び寄せた。一カ月にも及ぶ日仏両国のお役所参りを済ませて、やっと手に入れた家族ビザを持って飛行場に行った娘は、イミグレーションで止められた。

「三時間前に、日本は外国人来日を禁止した。朝の便だったらよかったのに」

係の人に気の毒がられても飛行機搭乗を拒否された娘は心底がっくりしたという。娘に国籍を与えなかった日本の女性差別を今更恨んでみても致し方ない。

私が最後にパリに行ったのは三年半前の二〇一八年秋。少し腰を落ち着けて私のたった一つの家族入れこみで「パリ・東京今昔物語」をリポート製作したいと思ったし、何より司法書士に申し渡された、日本領事館に娘の存在を私の戸籍の記述欄に記載してもらうことがこの旅行の主な目的だった。目的は二つとも叶わなかった。

私の戸籍謄本の記述欄に娘の出生証明を入れることは、彼女が生まれて三カ月以内に登録しなかったことで却下された。その上、パリ到着の四日後に、「黄色いベスト運動」が起こってしまった。石油や税高騰に対してのトラック運転手さんたちが始めた運動が、革命に近い騒動になって、すべてがストップ。これらの詳細は本文にも、昨年上梓した『岸惠子自伝』にも書いたので割愛する。

長逗留のはずだったパリを一カ月で後にして以来、三年以上の間、私は娘にも二人の孫にも会えていない。

コロナ禍で世の中の人と同じように、私の日常生活も激変した。市中感染が怖くて外出もせずに縮こまり、神経がヘンに屈折して異常な状態が続いている。その上、酷い花粉症で四六時中涙がポロポロ。目が痒くて庭にも出られず、窓も開けられない。所詮、TVのニュースにしがみ付く。

今年の二月二十四日、ロシアがウクライナに侵攻したときは《何たること!!》と叫んだ。

これを書いている今現在、三月の二十八日、強引な侵攻から一カ月以上も経った。当初、破竹の勢いで首都キーウを落とす筈だったロシア軍は苦戦が続く。

ウクライナ人の見事な祖国への愛と信仰が、プーチン、ロシア軍の士気さえ落としている。また、就任当初は、「あの役者風情が……」とバカにする向きもあったゼレンスキー大統領の強固な意志と行動力、世界主要各国へのオンラインでのスピーチの巧みさ、驚くばかりの力量である。

いっぽう、プーチンの「軍事施設のみへの攻撃」は嘘八百！　学校や病院への残虐なミサイル攻撃！　一般市民や子供の多大な死傷者。何のためかも分からずに戦うロシア兵の夥しい死者。殺し合いに成り果てた戦争に勝者などいない。

「ロシア大帝国」を夢見る気がふれたかにみえるプーチン・ロシア大統領を止める人はいないのか。とは言え、日毎に入るニュースは、両国の真実を伝えているのか？　ロシアで、一般庶民の大半がプーチンのウクライナ侵攻を支持しているというのは、何故だろう。我々が接している日本のニュースは多分に欧米諸国の都合のよいニュースを翻訳しているだけなのだろうか？

日本はアメリカの核の傘のもとで安んじていていいのか。非核三原則という問題もある。

ウクライナの次は我々と慮るEUやNATOの危惧はそのまま日本に通

じるのではないかと、一般庶民の一人である無知な私は思う。

今、西側諸国はウクライナの難民であふれている。男性は国を護るために出国禁止。赤ん坊を抱き子供を連れて、女だけの塊が砲弾に怯えながら瓦礫の道を歩いている。その塊には混じらず、十歳にも満たない男の子が、リュックサック一つを背負ってわんわん泣きながら歩いている。母親は病人の看護があるので、男の子を一人で一〇〇〇キロメートルも離れた隣国の知り合いのもとに避難させようと思った、とコメントがあった。はじめにその子の胸から上の姿が映り、カメラが顔のアップになると、沈黙がつづいた少年の唇が震えわななき、眼から大粒の涙が溢れた。掠れた声で途切れ途切れに「死にたく……ない……」と言った。他の群れから離れてひとりぼっちで歩くその子は、疲れ果てたのか、背負っていたリュックを引きずりわんわんと泣きながら何十日歩いたのだろう。その映像が私の胸を潰していた。

かたや、「息子は何処に連れて行かれたの？　何のための戦争なの？」と蒼ざめた顔のロシアの母親たちを見て、無惨に死んでいくロシア兵を憐れに思った。

そして何日かが過ぎ、ふとTVをつけた。母親に抱かれた少年が、まあるい顔がはち切れるほどの笑顔で映っていた。ひとりぼっちでわんわん泣きながら歩いていた少年だった。病人がよくなってポーランドに辿り着いた母と子の幸せな姿だった。私はその時、山のようなお煎餅と、和菓子や和食類の中にうずくまってしょげていたのである。ひとりぼっちで歩く少年の姿に、小さかった頃の孫を思い出して、彼たちの好きな和食類の小包を航空便で送ろうと思った。

「今、ロシア上空は飛行禁止で、小包類は船便です」と郵便局。

「飛行機はアンカレッジ廻りで飛んでいるでしょう？」と私。

「便数が少なくて、手紙類はいいけれど、小包なんか受け付けません！」

自分の阿呆さに厭きれた。船便では賞味期限が切れてしまう。

孫が大好きなどら焼きの袋を開けて、一口パクリ。粒あんの甘さが胸にまで広がって、母親にすがりついた、わんわん泣きながら歩いていた少年の笑顔に重なった。

明日、トルコのイスタンブールで何度目かの「対面停戦協議」があるという。気がふれている筈のないプーチン・ロシア大統領が、「世界平和」を思うリアリストになることを、心から祈る。

二〇二二年三月二十八日　深夜（日本時間）

岸　惠子

この作品は二〇一九年五月小社より刊行されたものです。

JASRAC 出 2201968―201

孤独という道づれ

岸恵子

令和4年5月15日　初版発行

発行人――石原正康
編集人――高部真人
発行所――株式会社幻冬舎
〒151-0051東京都渋谷区千駄ヶ谷4-9-7
電話　03(5411)6222(営業)
　　　03(5411)6211(編集)
振替00120-8-767643
印刷・製本―中央精版印刷株式会社
装丁者――高橋雅之

幻冬舎文庫

ISBN978-4-344-43185-0　C0195　き-28-2

幻冬舎ホームページアドレス　https://www.gentosha.co.jp/
この本に関するご意見・ご感想をメールでお寄せいただく場合は、
comment@gentosha.co.jpまで。